油日神社の「ずずいこ様（ずずい子）」（甲賀市）本文 P.25

紫けむる蒲生の野べ（繖山から近江八幡市周辺）本文 P.41

金勝山山中の狛坂磨崖仏（栗東市）本文 P.109

菅浦の四足門東門（長浜市西浅井町）本文 P.148

白洲正子の世界を旅する

近江のかくれ里

いかいゆり子

※本書の記載事項は、原則として平成23年の初版発行時のものです。

はじめに

白洲正子《しらすまさこ》が近江の「かくれ里」を訪れて紀行文を書いていることを知ったのは、今から20年ほど前のことであった。当時私は国語の教師をしていた。その研究会で神戸大学の先生が「みなさん近江の方やからご存じやと思うけど……」とみんなに一冊の本を示してくださったのが『かくれ里』であった。恥ずかしながら、私は知らなかった。一読してみると著者の並々ならぬ教養と、美に対する鑑識眼に胸打たれた。そして、いつしかその奥深い歴史や文化をぜひ近江の人々に伝えたいと思うようになった。

平成16年春に30年に及ぶ教員生活を終えた時、白洲正子の『かくれ里』を紹介する記事を書きたいという思いがあった。「意志あるところに道あり」ではないが、「念ずれば夢叶う」で、縁あって滋賀県文化振興事業団が発行する「湖国と文化」平成18年春の115号から平成23年冬の134号まで18回にわたり「滋賀のかくれ里―白洲正子著『かくれ里』を訪ねて―」と題し、連載させてもらった。

連載を愛読してくださった方々からの「本にしたら」という声に、背中を押していただき、連載記事に加筆をして、「一生に一冊」の本であるかも知れないとの思いで私の還暦の記念にまとめることにした。
6年余り白洲正子の歩いた道をたどり、正子が紹介した近江の美を追体験していった。きっかけは『かくれ里』であったが、近江に生まれ、近江に育まれた私に、数多くの発見があった。正子の言う近江の素晴らしい財産は、そこにただ〝存在〟するのではなく、それを守り続けている近江の人々が〝いる〟のだということである。

例えば、湖北の観音さまは地域の人々の奉仕で守り続けられ、大事に次代に引き継ごうとされている。また、観音正《かんのんしょう》寺では、焼失した本堂を苦労の末再建された住職のお話を伺った。葛川《かつらがわ》明王院でははるか先祖の方が縁あって守ってこられた行事を今もずっと引き継いでおられる方にお目にかかれた。

こういった近江人の〝心意気〟というものを訪問地の随所で感じた。文化財を国からの指示で守っているのではなく、「おらが宝」として守り続けてきた姿には感慨深いものがある。そして、近江人としてそういう方たちが多くおられることに誇りを感じ、皆さんにぜひともお伝えしたかった。

本書では『かくれ里』の章立ての順に編成し直し、誌面の都合で書けなかったところを加筆した。また、正子の別の紀行文『近江山河抄』に記載されていた内容も含め、私が湖南市立甲西《こうせい》図書館で受け持った講座の一部も入れた。

『かくれ里』『近江山河抄』『西国巡礼』の本文は、講談社文芸文庫から引用した。『かくれ里』本文は特別に断っていない限り、該当章からの抜き書きである。文化財名は原則として『滋賀県文化財目録（平成15年版）』（滋賀県教育委員会発行）に従ったので、正子本文の表記とちがう箇所もある。

著者

目次

書名揮毫　小谷抱葉

滋賀県訪問地図

■『かくれ里』―――――――――――――――――― P.17

①油日の古面（甲賀市）

②油日から櫟野へ（甲賀市）

③石の寺（近江八幡市・東近江市）

④石をたずねて（東近江市・大津市・湖南市・高島市）

⑤金勝山をめぐって（栗東市）

⑥木地師の村（東近江市）

⑦湖北　菅浦（長浜市）

⑧葛川　明王院（大津市）

■『近江山河抄』（湖南市・甲賀市）―――――――― P.165

⑨善水寺・少菩提寺跡の多宝塔

東寺（長寿寺）と西寺（常楽寺）

美し松・大池寺

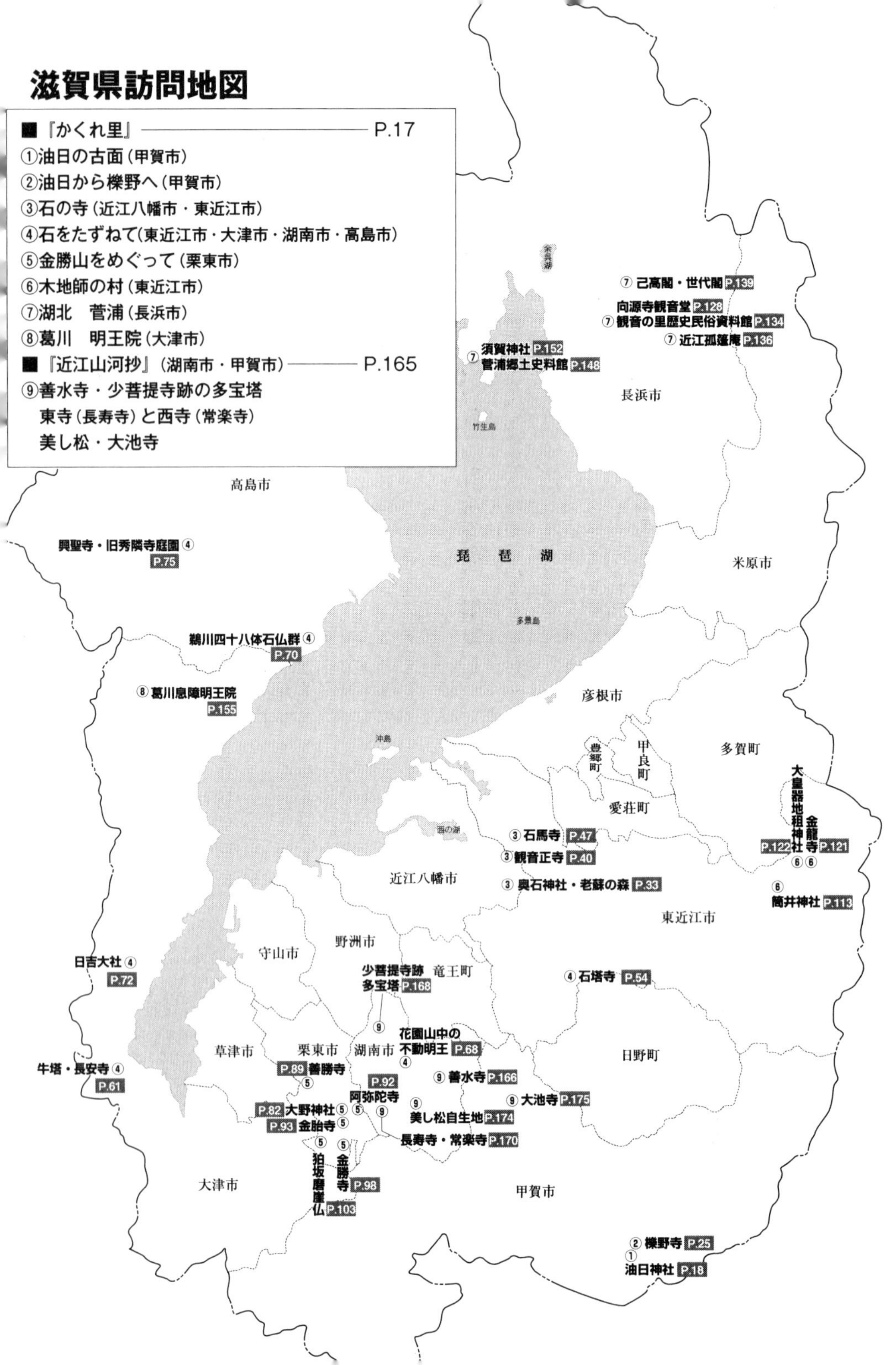

I

白洲正子の愛した近江

白洲正子は近江や吉野などを精力的に回り、秘められた歴史や文化を紹介する『かくれ里』（昭和46年）を発表した。24章からなる紀行エッセーで、冒頭の第1章は甲賀《こうか》市甲賀町油日《あぶらひ》の油日神社に伝わる古い面を取り上げた「油日の古面」である。私はその足跡をたどり、「湖国と文化」（滋賀県文化振興事業団発行）に「滋賀のかくれ里」を連載し、正子と近江を顕彰した。さいわい、人々の白洲正子への関心は年々高まっており、平成22年秋に滋賀県立近代美術館で開催された生誕１００年特別展「白洲正子『神と仏、自然への祈り』」（10月19日～11月21日）は大盛況だった。

白洲正子と彼女が愛した近江についてまとめてみた。

白洲正子の生い立ち

明治43年、東京都・永田町の樺山《かばやま》伯爵家の次女として誕生。父愛輔は実業家、貴族院議員。母常子は佐々木信綱門下で和歌を学ぶなど趣味人であった。父方の祖父樺山資紀《すけのり》は鹿児島出身の海軍軍人、政治家で海軍大将、台湾総督など歴任した。

4歳から梅若宗家で能を習う。14歳でアメリカに留学。昭和3年帰国し、翌年19歳で実業家白洲次郎と結婚した。次郎は英国のケンブリッジ大学に留学。戦後吉田茂に請われてＧＨＱとの折衝にあたり、米国側から「従順ならざる唯一の日本人」と言われた人物であった。日本国憲法成立にも深く関わり、戦後の混乱収束に大きな働きをした。その彼が孫の信哉に「あの婆さんは、自分のために地球が廻っているとほんとうに思っている人なんだから」と話している。（『白洲正子の贈り物』白洲信哉著）

白洲正子著『白洲正子自伝』(新潮社)より祖父樺山資紀と幼稚園時代の正子

牧山桂子著『次郎と正子　娘が語る素顔の白洲家』(新潮社)

戦後、正子は小林秀雄や青山二郎等との親交を通して〝本物を見る眼〟と文章を鍛えていった。日本の古典芸能には若い時から関心が高く、骨董・茶道・生け花と興味が広がり建築や仏彫にも関心が高まっていった。著作は大別して、①骨董関係（焼きもの・着物など）②評伝（世阿弥《ぜあみ》・明恵《みょうえ》上人・西行など）③紀行文があげられる。紀行文の代表作は『かくれ里』など6冊ほどあり、どれにも近江が登場する。ちなみに、正子が書いた本の題名に地名が入っているのは『近江山河抄』だけである。

近江との縁

昭和49年に出版した『近江山河抄』に「はじめて近づくことができたのは、今から十年ほど前、西国巡礼の取材をした時で、岩間、石山、三井寺を経て、いったん京都に入り、若狭から再び竹生島、長命寺、観音正寺と巡って行くうちに、私はえたいの知れぬ魅力にとりつかれてしまった」とある（傍点は引用者。以下同じ）。また、『白洲正子の世界』（平凡社）の「石に惹かれて近江へ」の項で「近江の景色とか、空気とか、なにか吸い込まれるようなものがあるのよね」「近江のお寺には、奈良や京都のような美術品がふんだんにあるわけじゃないけれども、石造美術だけは一流ですもの」と表現している。

近江の文化は京都や奈良に比べると派手さはないが、奥が深く、探れば探るほど魅力が出てくるといわれる。正子もそうした湖国の魅力に引き込まれたのだろう。

昭和39年『能面』で第15回読売文学賞を受賞した後、10月、日本中がオリンピックに沸いている最中《さなか》、西国三十三所観音霊場を巡る。その時の気持ちを「今から思うと気羞しいが、近江の山の上から、こがね色の稲田の中を新幹線が颯爽と走りすぎるのを見て、優越感にひたったものだ。お前さんはすぐ古くなるだろうが、こっちは千数百年生きた巡礼をしているんだ、ざまあ見ろ、といいたい気分であった」（『白洲正子自伝』）としている。

近江関連の著書

ここで近江に関連の深い作品について触れてみたい。

『西国巡礼』（昭和40年）

『巡礼の旅　西国三十三カ所』を後に『西国巡礼』と改題した著書。西国三十三所一番の那智の青岸渡寺《せいがんとじ》から美濃の華厳寺《けごんじ》、番外の花山院《かざんいん》までを全て歩いた、著者の初めての巡礼の旅。近江関連では、「岩間寺《いわまでら》、石山寺《いしやまでら》、三井寺《みいでら》、竹生島《ちくぶしま》、長命寺、観音正寺《かんのんしょうじ》」があげられる。

『かくれ里』（昭和46年）

第24回読売文化賞受賞。街道筋から少し離れた場所にある「かくれ里」には美しい自然や歴史、信仰に守られた神秘の世界が存在する。そこでは、思いもかけず美しい美術品が村人たちに守られてひっそりと存在している。吉野、葛城、伊賀、越前、近江などを訪ね、忘れられつつある日本の古い歴史・伝承・習俗を伝える紀行文。全24章のうち8章が近江関連で、「油日《あぶらひ》の古面、櫟野寺《らくやじ》、教林坊、石馬寺《いしばじ》、金勝寺《こんしょうじ》、石塔寺《いしどうじ》、木地師《きじし》の村、菅浦、葛川明王院《かつらかわみょうおういん》」などを訪れている。以下は『かくれ里』の中の一文。

奈良や京都に対して、いつも楽屋裏の、お膳立ての役割をはたしたのが近江の地であるが、そのわり一般に知られていず、専門的な研究も進んでいない。未だに多くの謎をふくんだ歴史上の秘境、それが近江の宿命であり、魅力ではないかと私は思っている。

（「石をたずねて」）

ほんとうに近江は広い。底知れぬ秘密にうもれている。それは良弁像の、あのおおらかでいて、深く思いに沈んだ表情に似なくもない。大陸と日本が出会う接点として、また奈良や京都の舞台裏として、近江は私にとって、つきせぬ興味の宝庫である。

（「金勝山をめぐって」）

『近江山河抄』（昭和49年）

かつて「えたいの知れぬ魅力」にとりつかれた近江の地「逢坂《おうさか》、大津、比良《ひら》山、竹生島、沖島、鈴鹿、伊吹」等を自らの足で歩き、豊かな感性と博識を通して、日本民族の歴史観、自然観などを語り、山河を巡る紀行文となっている。

近江は日本文化の発祥の地といっても過言ではないと思う。

（「近江路」）

『十一面観音巡礼』（昭和50年）

奈良の聖林寺《しょうりんじ》の十一面観音から始めて大和、近江、京都、若狭、美濃、信州の山里へ十一面観音を訪ね、その魅力に迫る巡礼の旅。近江関連は「大津の盛安寺、甲賀の田村神社・櫟野寺、湖北の向源寺《こうげんじ》観音堂・鶏足寺《けいそくじ》・石道寺《しゃくどうじ》・太平寺観音堂」などがある。

『道』（昭和54年）

「私の書くものはいつも、道を歩いて行く間に出来上って行く」。本伊勢街道から比叡山《ひえいざん》までを行く、日本人の魂に触れる歴史紀行となっている。近江関連は「比叡山回峰行《かいほうぎょう》」。

『私の古寺巡礼』（昭和57年）

若狭・熊野・近江など神と仏の混在する地を行き、日本の風土・文化を愛惜し、日本人の自然観や信仰を共に考え歩む巡礼紀行。近江関連では「葛川明王院、高島の旧秀《しゅう》隣寺《りんじ》、水口《みなくち》の大池寺《だいちじ》」がある。都会育ちの正子だが、歩くのは苦にならなかったらしい。実際に歩いたものでないとわからない事柄が実に丹念に描写されている。それが私たちの共感を呼ぶのかも知れない。

なぜ今、白洲正子ブームなのか

生い立ちの項でも述べたように、正子は留学もし、夫次郎の仕事の関係でもヨーロッパにもしばしば足を運んで国際的視野を持っていた人である。その彼女が能、焼きもの、着物等、日本の芸能・わざに着目し、多くの著書で日本が持っているよさを指摘してきた。東京オリンピックのお祭り騒ぎの最中、西国巡礼の旅に出た正子は、日本人が古代から大切にしてきたものの中により深い精神生活を探求し、紀行文につづった。

第2次世界大戦後、「欧米に追いつけ追い越せ」とばかりに、高度成長への道を歩んだ日本。そして、日本経済の成長が止まり、低迷期に入ったときに初めて、西洋を真似るのではなく、日本の伝統的なものを大切にしなければならないのではと気づき始めたのである。やっと彼女の域まで追いついたのである。

平成2年、81歳の時出版された『白洲正子自伝』により、正子の名がポピュラーになった。平成21年に白洲次郎の生涯をテレビで紹介したのも追い風になっていると思われるが、日本人が見失ってきたものを正子がいち早く推奨していたからこそ、今注目されているのだろう。6冊の代表的紀行文の中で、どの著書にも登場する近江の「えたいの知れぬ魅力、日本文化の発祥の地、楽屋裏、歴史上の秘境、底知れぬ秘密、興味の宝庫」は正子ならずとも人々の心を捉えて離さない。

Ⅱ

『かくれ里』を訪ねて

油日の古面

白洲正子は華族の家に生まれ、幼少から能に接し、日本の古典芸能に強い関心を持つようになって、さらには骨董・茶道・生け花と興味が広がり建築や仏彫にも関心が高まり、そして古寺旧跡を訪ねての旅へと発展していった。『かくれ里』は昭和44年から、近畿地方を中心に、あまり世間に知られていない「かくれ里」を訪れ、忘れられつつある古代日本人の信仰や美を描いている。歴史学者の視点ではなく、著者独特の感性で、祭り、建造物、お面、仏像などをとらえ、また、古来の日本人の自然崇拝的信仰が外国から来た仏教と融合する現場や、神武天皇など初期の天皇たちと、征服された豪族たちの関わりを見ている。

「かくれ里」と題したのは、別に深い意味があるわけではない。（中略）秘境と呼ぶほど人里離れた山奥ではなく、ほんのちょっと街道筋からそれた所に、今でも「かくれ里」の名にふさわしいような、ひっそりとした真空地帯があり、そういう所を歩くのが、私は好きなのである。

油日岳

油日神社楼門（重要文化財）

こんな書き出しで始まり、第1回に「油日《あぶらひ》の古面」という題で油日神社を訪問している。年月を経て、彼女が見つけた「かくれ里」は果たして、現在も同じであるのか、それとも、大切なものをすでに失ってしまっているのか、さらに当時正子が書かなかったものを現在見つけられないかというのが私の関心事である。昭和44年から40年ほど経て追体験をしようというわけである。

油日神社（本殿・楼門・廻廊・拝殿　重要文化財）

近頃のように道路が完備すると、旧街道ぞいの古い社やお寺は忘れられ、昔は賑《にぎ》やかだった宿場などもさびれて行く。どこもかしこも観光ブームで騒がしい今日、私に残されたのはそういう場所しかない。その意味では、たしかに「世を避けて隠れ忍ぶ村里」であり、現代の「かくれ里」といえよう。そのような所には、思いもかけず美しい美術品が、村人たちに守られてかくれている

ことがある。（中略）

田舎の片隅に、人知れず建つ神社仏閣は、そういう点ではずっと生き生きしている。古美術のたぐいも、村人たちに大切にされて、安らかに息づいているように見える。油日神社は、私が思ったとおり、そういう社の一つであった。駅前の通りを南へ少し行くと、大きな石の鳥居が現われる。まわりは見渡すかぎり肥沃な田畑で、鈴鹿の山麓に、こんな豊かな平野が展けているとは、今まで思ってみもしなかった。南側の、鈴鹿山脈のつづきには、田圃をへだてて油日岳が、堂々とした姿を見せている。

私は正子の歩いた道を丹念にたどってみた。油日岳、田畑、平野もまさにその通りでほっとした。油日神社は油日岳山頂の「岳《だけ》大明神」の奥宮に対する里宮が油日神社で、聖徳太子が建立したといわれている。油の火の神として、全国の油業界の信仰を集めている。境内の本殿、拝殿、楼門、東西回廊はいずれも重要文化財である。毎年5月1日には五穀豊穣を祈願する春祭りが行われる。

（神社は）永禄九年（一五六六）の建造であるとか。参道には、桜の並木がつづき、盛りの頃はさぞかしと思いやられる。ちょうど宮司さんも御在宅で、さっそく例の面を見せて下さる。変にもったいぶらない所も、私には有りがたかった。

先代の息子さんである現在の宮司さんも「変にもったいぶらない」方で、初めての取材ながら気さくに応じてくださり、正子への対応と変わらず、正子の気持ちも追体験できた。正子の見られなかった桜の並木も「盛り」の頃に撮影した。

福太夫面（滋賀県指定有形文化財）

正しくは、「田作福太夫神ノ面」といい、永正五年（一五〇八）六月十八日桜宮聖出雲作の墨銘がある。手にとった触感といい、ほのかに残る彩色といい、近くで見るとひとしお美しい。裏面の彫りも見事である。この単純で、力強い彫刻は、決して片田舎の農民芸術ではなく、最高の技術を持った名工の作に違いない。（中略）

福太夫の面は、まさしく藁屋につながれた駿馬《しゅんめ》のごとくに見えた。それは民芸であって、民芸を超えている。健康で、簡単明瞭で、見ればわかるといった気持のいい美しさにあふれており、推古の伎楽面と並べても、少しも見劣りがしない。こういう作品こそ、ほんとうに日本のものであり、日本の形といえるのだと思う。

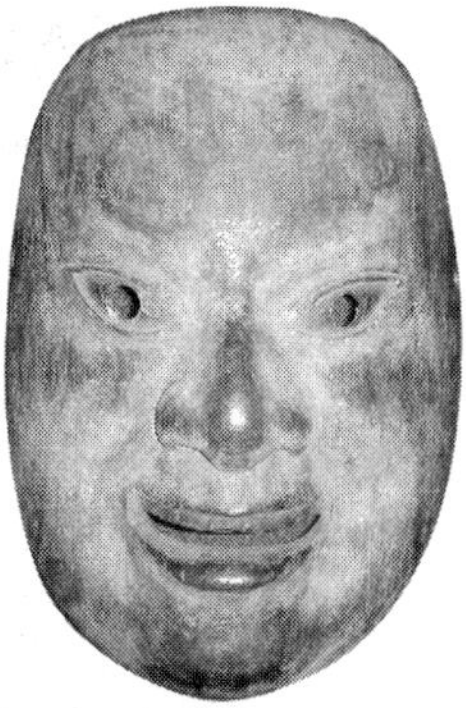
福大夫面

棟札の花押

蟇股の花押の彫刻

福太夫面は現在、甲賀歴史民俗資料館（昭和55年～）に保存されている。面の真価は私にはよくわからなかったが、能面に精通した正子がこれほどほめている面がこの地で、大切に守られていることは喜ばしいことであった。

蟇股と舞楽の木彫

本殿（明応二年―一四九三造）の蟇股《かえるまた》に至るまで、優れた彫刻で統一されている。ことに本殿の板戸に打ちつけた舞楽の木彫は、彩色もうぶで美しく、左右ちがう姿に作ってあり、このような所に舞楽を選んだのを見ると、昔から芸能と関係が深かったらしい。

今回の取材で正子の文章に書かれていなかったこ

舞楽の木彫　右

舞楽の木彫　左

とが「蟇股」（社寺建築で荷重を支えるための部材。下方が開いて蛙の股のような形をしている）の花押《かおう》の彫刻と棟札の花押との関連であった。中央に10㎝ぐらいの幅で花押が浮き彫りされている。この浮き彫りは、資料館で見せていただいた「棟札」（棟上げや再建・修理の時、工事の由緒、建築の年月、建築者または工匠の名などを記して棟木に打ち付ける札）に書かれてあるものと同じであることが宮司さんの説明でわかった。正子が訪問した時は資料館がなかったので、たぶんこの事実はお知りにならなかったのではとのことであった。

「舞楽《ぶがく》の木彫」は損傷が激しく、現在は上から板戸をはめてあって、一般公開しておられない。特別にはずしていただいた。残念ながら彩色は消えているように見えたが、左右ちがう形に作られているというのはわかった。「今までに一度も写真には撮られていないから」と宮司さんは言われた。「それだけに記念になりますね」と緊張しながら撮らせてもらった。

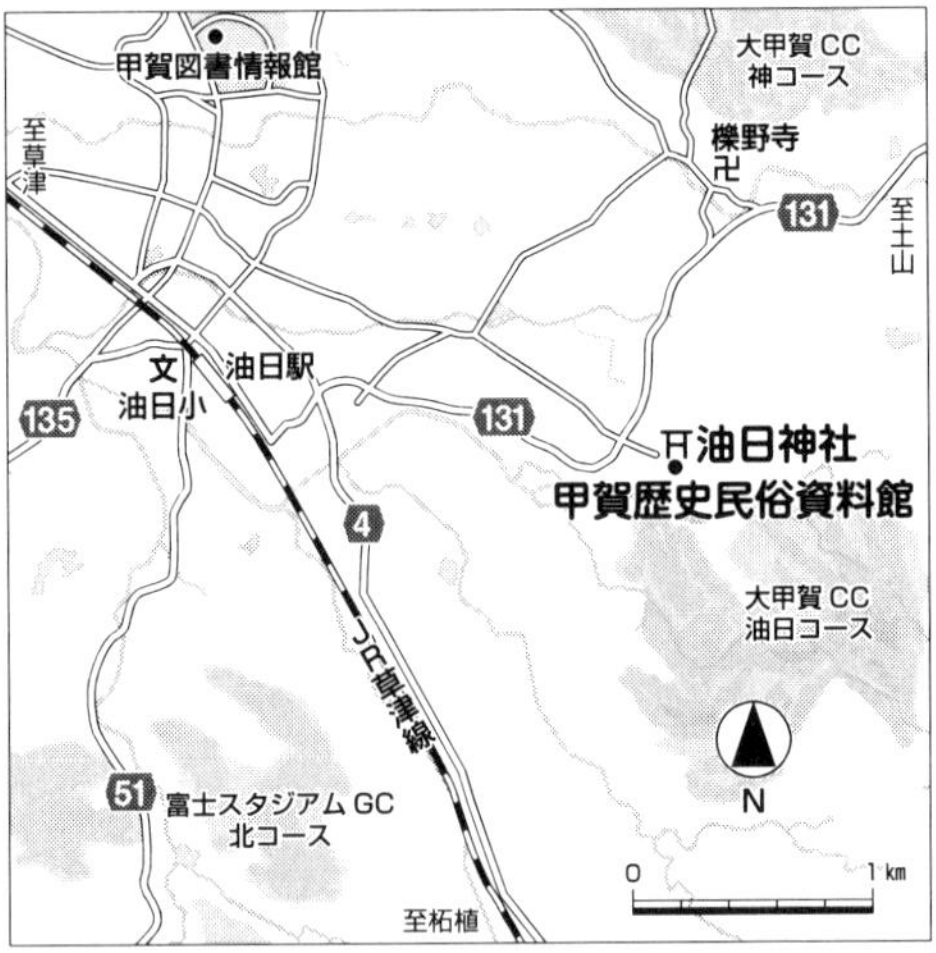

油日神社・甲賀歴史民俗資料館

あぶらひじんじゃ・こうかれきしみんぞくしりょうかん

甲賀市甲賀町油日 1042
TEL 0748-88-2106
開 9時～ 17時（甲賀歴史民俗資料館）
休 月曜（資料館、予約が望ましい）
¥ 200円（資料館）
電車で／ JR 油日駅から徒歩 30分、JR 甲賀駅から車 10分
車で／新名神甲賀土山 IC から 20分、名阪上柘植 IC から 30分　P 有

油日から櫟野へ

油日《あぶらひ》神社で「ずずいこ様（ずずい子）」にお目にかかり、その足で櫟野《らくや》寺「十一面観音」に向かった。

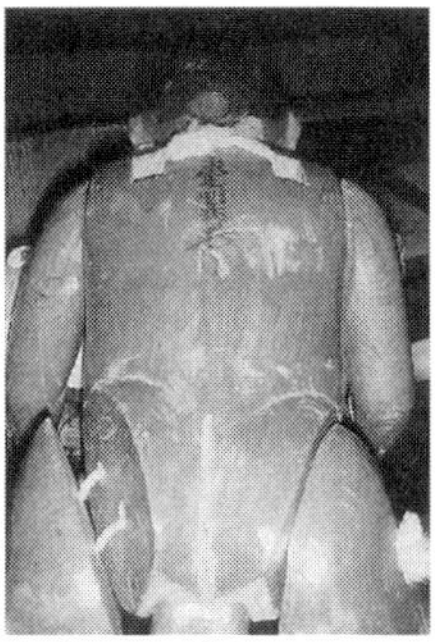
すずい子の背中

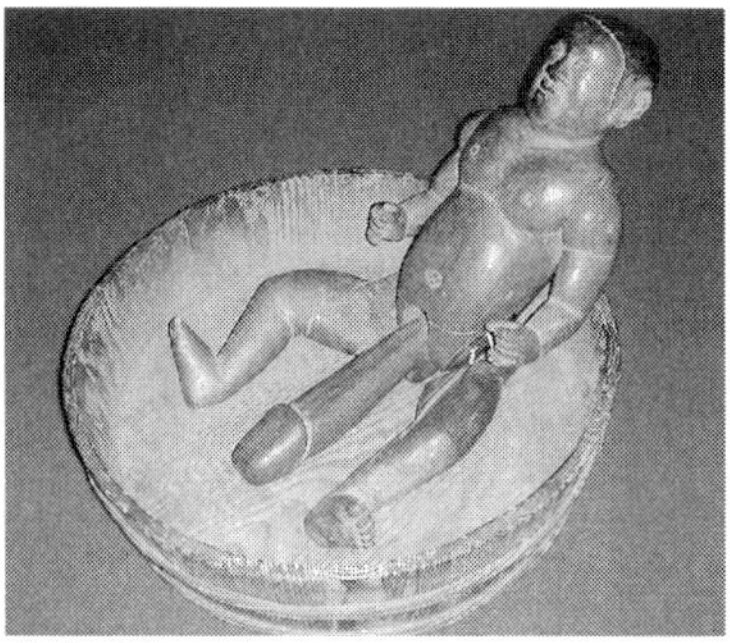
すずい子

ずずい子（滋賀県指定有形文化財）

油日神社には、福太夫の面と同じ作者の、珍しいお人形がある。「ずずいこ様」という。写真で見られるとおりのあられもない格好だが、そういうものにとらわれずに見れば、大変味のいい、力づよい彫刻で、桜宮聖出雲が造ったというのは信じていいと思う。（中略）

顔や四肢の力強さといい、線彫りのたしかさといい、民芸として最高のものである。物が物だけに、今まで秘められていたが、日本の片田舎には、まだこういうものが、神様として祀られていることは興味深い。

資料館で宮司さんに見せていただいた「ずずいこ様」は正子の記述どおり「あられもない格好」であるが、健康的なエロチシズムを感じさせる中に、五穀豊穣・子孫繁栄を願った近江の人々の祈りが伝わってくる。少子高齢化がさけばれる今日、ぜひともご登場いただきたいと思うのは私だけではないであろう。背中を見せていただいたら、「出雲明秀花押」とあった。たらいに入った「ずずいこ様」は沐浴している赤ん坊のように見えた。

御生祭

頂上には、現在でも奥宮があり、毎年八月十一日の夜には、油日谷七郷の氏子たちによって「御生祭《みあれ》」が行われるという。（「油日の古面」）

社伝によると、昔油日岳の山頂に油日大明神が降臨され、大光明を発せられたので「油日」という名がおこったとされている。油日岳の山頂には「岳《だけ》大明神」と呼ばれる

奴振り

奥宮があり、現在の祭りは9月11日から行われている。14時に神社を出発された氏子が、山頂の奥宮で火鑽具《ひきり》という昔ながらの火を起こす道具を使って火を起こす。それを船用のカンテラ(風が吹いても消えにくい)に移し、岳頂上にて徹夜。ご神火を焚きつつ参籠《さんろう》、山小屋で1泊。翌12日早朝下山。13日には「大宮ごもり」が行われ、かわらけにそそがれたごま油のこうばしい香が漂う中、夜通し万灯を捧げた氏子信者が東、西廻廊のそれぞれ定まった座でご神徳をたたえ、油の〝ヒ〟の恵みに感謝する御生祭である。

また、毎年5月1日に行われる祭礼で、「太鼓踊り」(国の無形民俗文化財)は不定期に、祭りのハイライトである「奴振り《やっこふ》」(滋賀県無形民俗文化財)は5年に1度奉納される。その奴振りで「『お江戸出る時ふんどし忘れ、ながの道中ぶらぶらと』なんぞという歌を歌うんですよ」と宮司さんが楽しそうに教えてくださった。祭礼というと堅苦しいが、「ずずいこ様」といい、この歌といい、気持ちをほっとさせるものが感じられた。

櫟野寺

その名に背かず、境内には、樹齢千年と称する櫟がそびえ、そのかたわらに、見たこともないような大木の槙も立っている。（中略）最近まで大きな本堂があったらしいが、火災のため失われ、さいわい仏像は新しい宝物殿の方に移してあったので助かりました、申しわけないことですと、坊さんはしきりに恐縮される。火災の原因は知らないけれども、こんな人柄では、村の人たちも咎《とが》めだてすることはなかったであろう。焼跡には、礎石の間に残骸がちらばって、むざんな有様だが、いいかげんな本堂があるより、こういう山寺には、立派な櫟の木があれば十分だと思う。

櫟野寺は奈良時代末期延暦11年（792）、伝教大師最澄が霊夢を感じ、櫟《いちい》（クヌギの異名）の生木に十一面観音像を彫り、それを本尊として開山したと伝わる寺で、「いちいの観音さま」の名で親しまれている。甲賀《こうか》六大寺の一寺で当地方の天台宗の中心寺院である。地名は櫟野《いちいの》村、寺名は櫟野《らくや》寺と、読み方が異なっている。昭和44年に正子が訪れた時には同40年に完成した宝物殿に「十一面観音」等は収納されていて、同43年の本堂全焼の際に類焼を免れたのは何よりのことであった。同45年に本堂は再建されている。正子が出会った住職は現住職の祖父で、父は同63年に病没され、当時8歳だった現住職に信者さんたちの期待が一身にかかった。「ここにこうやって生まれ、そういう状況だったので、信者さんたちに助けてもらい、気がついたら住職になっていました、仏縁やと思っています」と私の息子と同年である住職の言葉に、東北から嫁いでこられた私と同じ年代のお母様のご苦労のほどがうかがい知れた。お寺を守り続けられるには幾多の困難があり、背後に支えてくださった信者さんたちの姿を垣間見た気がした。

正子が「立派な櫟の木」と記した木は、残念ながら平成14年頃枯れて、現在は切り株と実生の木が残っているだけである。切り株の左端から立ち上がっている新木がたくましく育ってきたのはうれしいことである。なお元の切り株を2.5×2mぐらいのテーブルにしたものが、拝観受付のところに置いてある。ガラス板が切り

櫟野寺

霊木　槙

櫟の木の切り株と実生の木

櫟の木の切り株で作られたテーブル

株の上に敷かれ、「境内の櫟の霊木で作りました」との表示があった。大切にされているのだなと思った。山門の右の「見たこともないような大木の槙」は最澄のお手植えといわれる、樹齢1200年以上のもので、現在もそびえている。

木造十一面観音坐像（重要文化財）

寺伝によると、延暦十一年（七九二）、伝教大師が延暦寺の用材を求めて、甲賀地方を回っていた時、この地で櫟の大木を発見し、霊夢を受けて十一面観音を生木に彫ったのが、この寺のはじまりであるという。それが本尊ということらしいが、秘仏なので拝観することはできない。が、たいそう大きな仏像で、三・三メートルの坐像であるというから、十一面観音としては珍しいものだろう。

本尊は、十一面観音坐像としては日本最大級のもの。あぐらを組んだ横幅と高さがほぼ同じで、厨子《ずし》入りの秘仏である。一木造で左手に華瓶、右手は膝の上で念珠を持ち、頭上には十一面化仏《けぶつ》を戴いている。肩幅が広く身体の厚みがあり、どっしりとした重量感と落ち着きがある。厨子のまわりには聖《しょう》観音菩薩立像、薬師如来坐像など、20体もの重要文化財があり、仏像彫刻が堪能できる。

木造十一面観音坐像（重要文化財）
藤原弘正氏撮影

当時正子が見られなかった仏像は、現在春、秋の特別拝観で見られる。湖北の向源寺《こうげん》の観音をはじめ、数々の十一面観音に出会ってきたが、「いちいの観音」の姿はものすごい存在感を持って私に迫ってきた。右に坐しておられる薬師如来も同じぐらいの大きさなのに厚みが違う。このお姿を拝見すると荘厳さというか、人々の幾多の願いをはぐくんだ観音の風格というようなものが感じられた。後に檀家の方が「守っていかないかんという気持ちに観音様はさしてくださる」と言われた。本当にそんな気持ちにさせてくれる仏様であった。

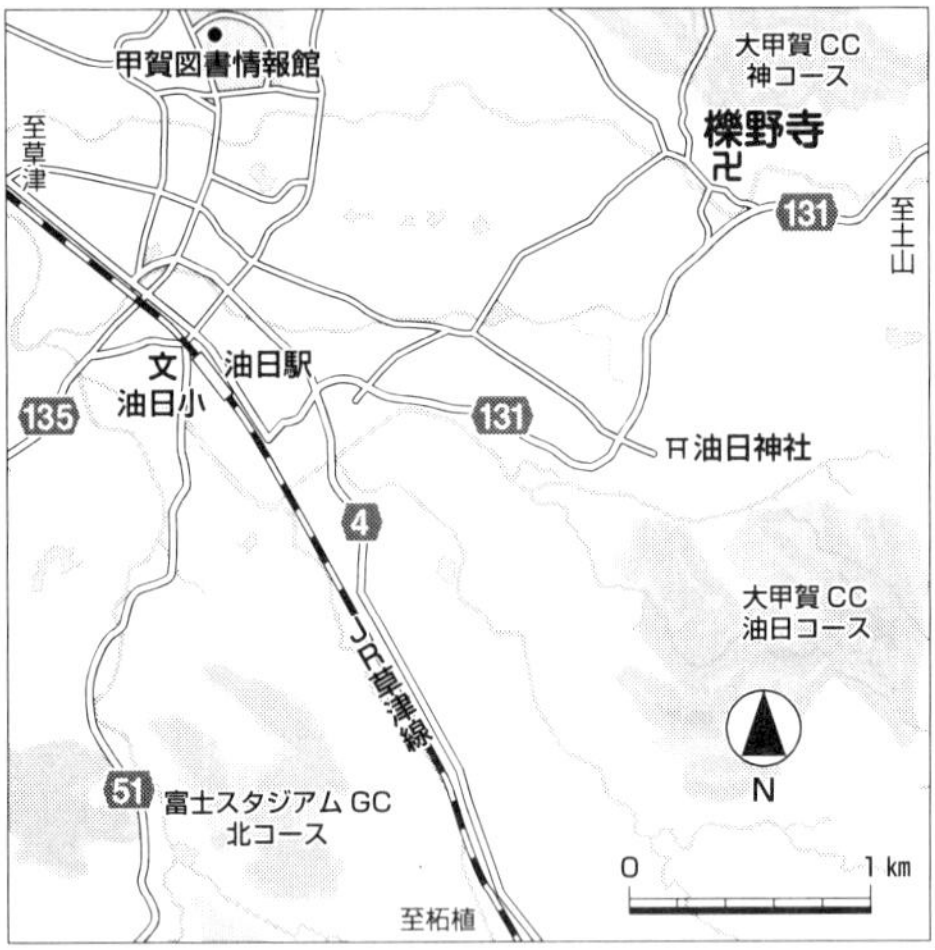

櫟野寺

らくやじ

甲賀市甲賀町櫟野 1377
TEL 0748-88-3890
開 9時～ 17時（冬期は 16時まで）
¥ 500円（特別拝観期間 600円）
電車で／ JR 甲賀駅からバス櫟野観音下車
車で／新名神甲賀土山 IC から 20分、または名阪上柘植 IC から 30分　P有

石の寺

正子は昭和44年に、京都からのタクシーの運転手の案内で老蘇《おいそ》の森・奥石《おいそ》神社・観音《かんのん》正《しょう》寺・石馬《いしば》寺等を訪ねている。彼女が訪ねた「かくれ里」は果たして、現在も同じであるのか、それとも年月を経て変わっているのか、さらに正子が書かなかったものを見つけられないかと、私も彼女の足跡をたどる旅を続けている。

滋賀県内各所にボランティアガイドさんがおられる。私は安土町観光ボランティア協会所属のＨさんの案内で、石の寺を訪ねた。Ｈさんはガイド歴５年のベテランで郷土史に造詣が深く大変お世話になった。おかげで、一人で行くより遥かスムーズに取材ができた。正子の頃にはなかった現在のありがたい制度である。

老蘇の森

藤原時代以来、くり返し讃えられた歌の名所であった。今は新道（八号線）に分断されてしまったが、中へ入ると別世界の静けさで、黒々とした森を背景に、端正なお社が建っている。森の方は、老蘇、または老曽とも書くが、神社の方は、奥石の字を当てており、孝霊天皇の時代、石部大連の建立で、はじめ蒲生の宮といったのが、訛《なま》って鎌の宮と呼ばれるようになった。鎌をぶっちがいにした紋所は、なかなかいい意匠だが、これは後世武士が作ったものだろう。社殿は天正九年の造営とかで、街道筋に、こんな清らかな神社がひそんでいたとは意外である。私は北側の、今の八号線から入ったが、それでは裏から見ることになり、ほんとうは南側の、旧中山道から入った方がいい。そこから眺めると、繖山を真後ろにして、鳥居の向うに神々しい森が望まれ、昔の人になぜもてはやされたか、わかるような気がする。

老蘇の森を抜けて走る新幹線

国道8号線と新幹線で森は分断されている。新幹線がひっきりなしに通るところで、カメラを構えた。新幹線の向こう側に8号線が通っている。その向こうに奥石神社がある。国道が先に通ったのであろうが、素人目には十分回避できたのではないかと思われる地形でもあった。本当にもったいないことをしたものだ。

森は、神社の伝承によると、今から2250年前、この一帯は地が裂け、水が湧いてとても人が住めるとこ

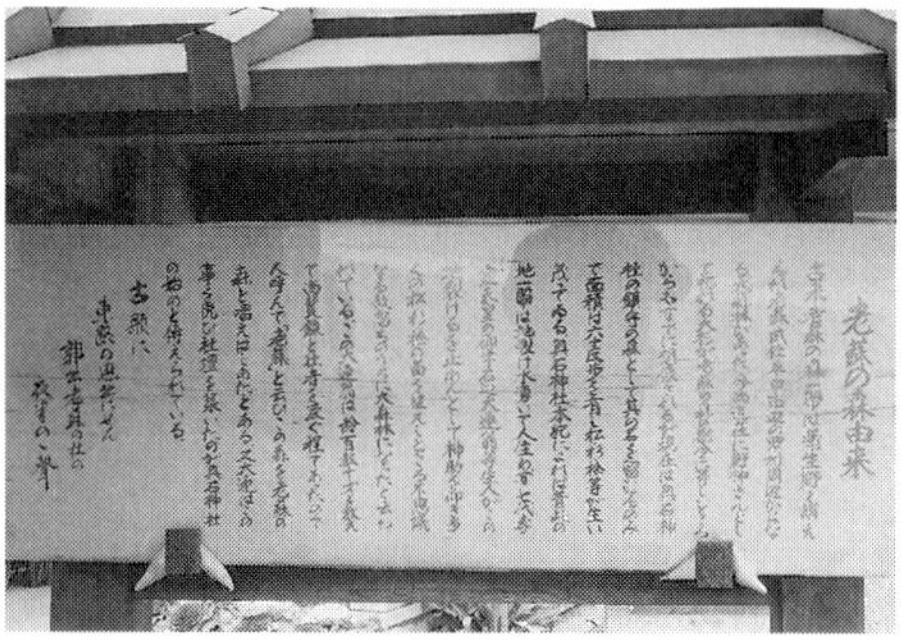

東老蘇まちづくりの会による立て札

ろではなかった。そこで、「石辺大連《いそべのおおむらじ》」（石部大連とも）という老人が神の助けを得て、松・杉・檜などを植えたところ、たちまち大森林になった。低湿地に形成された大森林の一部が残っているため、現在では学術的にも貴重な場所となっている。平成元年8月には、滋賀県の「緑地環境保全区域」に指定されている。

　平成20年に「東老蘇まちづくりの会」が、老蘇の森の間伐材を利用して作成された看板には、昭和30年頃までは森の枯れ枝等が燃料として利用されてきたが、プロパンガスに転換されるようになると放置された。昭和34年の伊勢湾台風で大被害の後、植樹されたが、うまくいかなかった。平成18年に会が結成され、地元の有志で守る活動を展開しているとあった。ここでも近江の遺産を守ろうとされる方々がおられるのを頼もしく感じさせてくれた。老蘇の森と奥石神社はともに「おいそ」と呼んでいる。

奥石神社（本殿　重要文化財）

正子の提案どおり、旧中山道沿いの鳥居から入る。鳥居をくぐり、神社に向かうと森に入ったときにいつも味わうすがすがしさが私を包んでくれた。参道を200mほど行くと「鎌をぶっちがいにした紋所」が目につく。なるほど、「ぶっちがい」とはうまく言ったものだ。現在の本殿は、天正9年（1581）建立された安土桃山時代のもので、重要文化財である。中世より「鎌宮《かまみや》神社」ともいい、これは「蒲生野宮《かまうのみや》」がなまったものといわれている。そういえば、「蒲生野《がもうの》」というのは、天智天皇・天武天皇・額田《ぬかたの》王《おおきみ》の万葉集に次の歌がある（『新古典文学体系1』岩波書店より）。

天皇《てんわう》の蒲生野《かまふの》に遊猟《いうれふ》したまひし時《とき》に、額田王《ぬかたのおほきみ》の作りし歌

あかねさす　紫野《むらさきの》行き　標野《しめの》行き　野守《のもり》は見ずや　君が袖振る　1-20

皇太子《くわうたいし》の答《こた》へし御歌《みうた》　明日香宮《あすかのみや》に宇御《あめのしたをさ》めたまひし天皇《すめらみこと》諡《おくりな》して天武天皇《てんむてんわう》と曰《い》ふ

紫の　にほへる妹《いも》を　憎《にく》くあらば　人妻《ひとづま》ゆゑに　我《あれ》恋ひめやも　1-21

この歌の「蒲生野」にゆかりがあるとして、旧八日市市《ようかいち》（東近江市）と竜王町に万葉歌碑が建立されている。安土のこの辺りも「蒲生野」と考えられていたのかも知れない。

奥石神社は、本来は繖山《きぬがさやま》をご神体として遙拝する祭祀場であったといわれる。後に観音正寺の副住職にお聞きしたところ、観音正寺の奥の院に鳥居があり、その後ろにご神体の岩がある。今でも神社の祭りの時、御輿《みこし》を神体の方向に傾けて、祭礼をするそうである。確かに正子の記述通り「繖山を拝むために造られた」のが実証された。

社伝によると、日本武尊《やまとたけるのみこと》が東征した時、夫を危機から救うために、妃の弟橘姫《おとたちばなひめの》命《みこと》が身代わりになって上総《かずさ》（千葉県中央部）の荒海に身を投げたが、そのとき懐妊していた妃は、自分は老蘇の森に留まって女人の安産を守ると言い残したといわれている。私が訪れた時も、お宮参りをされている姿を見た。古事記の時代から、平成の現代までずうっと「安産」を願う気持ちには変わりない。それが連綿と続いているということにすごさを

奥石神社の中山道側鳥居

「鎌をぶっちがいにした紋所」の提灯がかかる拝殿

感じた。

奥石神社の境内は地域の方のご奉仕によって、常にきれいに掃き清められている。ご奉仕の方は「はいてもはいても落ちてきよります」と言いながら、一心に掃き清められていた。この厳粛な森と神社は創建以来こういう人々の支えにより、守られてきたことを改めて気づかされた。

正子は次のように語っている。

> 奥石といい、石部といい、名前が石と関係があるだけでなく、繖山は全山石の山なのだ。(中略)ここには石をめぐる一つの世界、石造の技術にたけた人々の、大きな集団がいとなまれていたに相違ない。そして、みささぎを造った伝統が、観音寺城や安土城に生かされたのではあるまいか。古代の信仰には、いつもそういう現実的なものがある。人間の生活と切り離せないものがある。彼らは自分の生活を支えてくれる石や木を神と崇め、素材に問い、素材から啓示を受けた。そういう心を失って以来、別の言葉でいえば、素材が単なる材料と化した時、彼らの技術も低下したのである。

繖山の山頂近くに次に訪れる観音正寺がある。今は石垣の跡が残っているだけの観音

解体修理で取り替えられた文化５年製の獅子口

奥石神社本殿（重要文化財）

寺城であるが、「みささぎを作った伝統」技術が生かされたという正子の説には納得する。

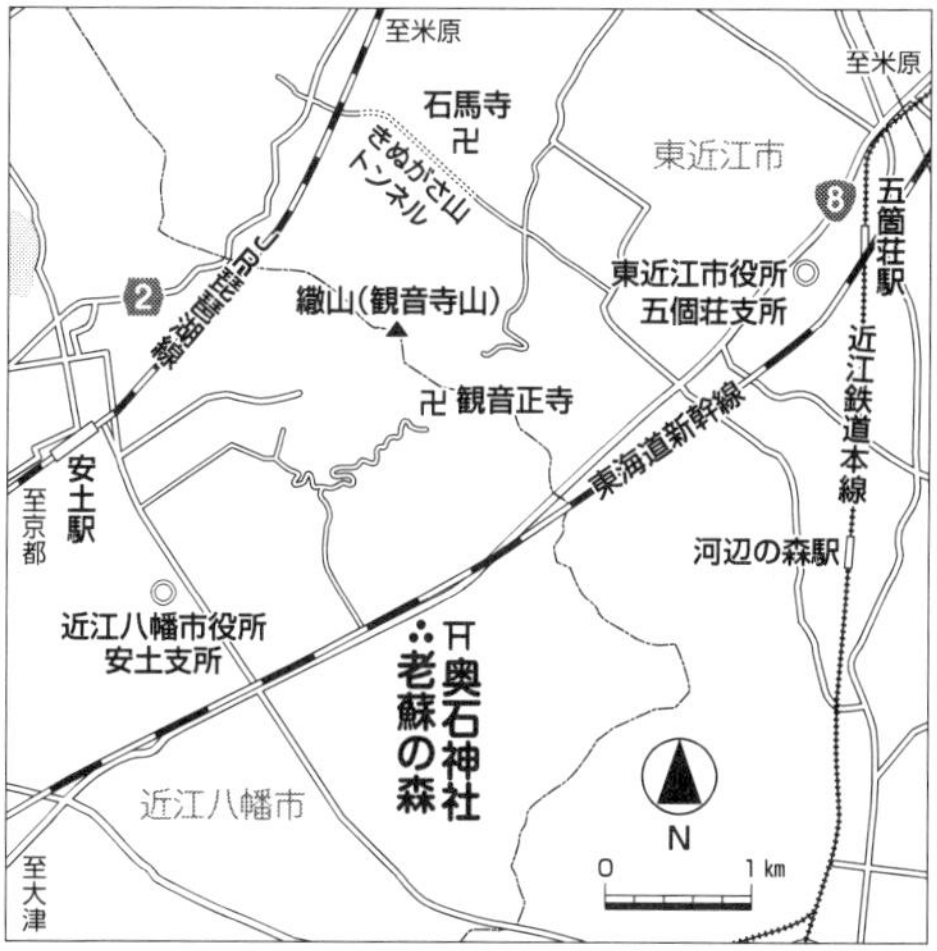

老蘇の森・奥石神社

おいそのもり・おいそじんじゃ

近江八幡市安土町東老蘇 1615
TEL 0748-46-2481
電車で／ JR 安土駅からタクシー 10分
車で／名神竜王 IC から 15分　P 有

観音正寺

正子が『西国巡礼』中で「たしかに登るのはたいへんだが、私にとっては、三十三カ所のうち、一番印象が深かった」と述べている「観音正寺《かんのんしょう》」も当時からすると、大きく変貌を遂げている。

教林坊から林道を登ること15分くらいで、「右長命寺」(三十一番)「左谷汲《たにぐみ》」(三十三番)の道標に出会う。更に30分ほどで駐車場に着く。そこから含蓄のある「立て札」のことばを読みながら３００mほど上がると、１時間余りで寺へ到着する。バス停のある観音寺口からは40分ぐらいである。

西国第三十二番の札所になっている。五百メートル足らずの山なのだが、麓から頂上まで、けわしい自然石の石段で、石段というより、岩場といった方がふさわしい、そんな所を私は、たった一人でよじ登ったのである。日は暮れて来るし、お腹はすくし、寒くはなるし、あんな心細い思いをしたことはない。(中略)

それだけ頂上へ辿りついた時は、ほっとした気分で、紫にけむる蒲生の野べを見渡して、「観音浄土」とは、正にこのことだと思った。

最終の立て札

観音正寺参拝道

観音正寺近くにある奥石神社奥の院

紫けむる蒲生の野べ

観音正寺は標高４３３ｍの繖山《きぬがさやま》の山頂近くにあり、西国三十三所観音霊場の札所の一つとして、古くから人々の信仰を集めにぎわってきた天台系の寺院である。開祖は推古年間の聖徳太子と伝えられ、鎌倉・室町時代には近江の守護職・佐々木六角氏の庇護を受けて栄えた。取材中もひっきりなしの参拝があった。

頂上から下を見下ろして、正に「観音浄土」を味わった。お参りするのに、体力と気力が必要だからこそ、「ありがたいのだ」と実感した。

住職は「皆さんに歩いて登ってきていただきたい。これほど登っていただくのは西国三十三所のうち、上醍醐とうちだけ。しんどい思いをして歩いてきてほしい。それがなによりも仏への功徳です。それから白檀《びゃくだん》でできた世界初の観音さんに祈ってほしい。この観音さんは末法時代のこの世を千の手で救ってくださる方ですから」と熱き思いを語り始められた。

再生した観音正寺本堂

本堂焼失

正子が見たのは焼ける前の本堂であった。平成5年5月22日に本堂が焼失した。平成16年の本堂落慶・ご本尊開眼まで、再興に11年の年月がかかった。その間の住職のご苦労は筆舌に尽くしがたいものであった。

当時の心境を「それは住職であれば死に値すること。焼けて半年ほどは死に場所を探しているみたいな状態やった。わしが自殺するのと違うかと刑事さんがついてくれた。どうして死のうかとそればっかり考えていた。

まだ現場検証しているころ、3日目ぐらいに、ふっとまどろんだら、観音さんがクジャクみたいに手を広げて、その前で太鼓たたいてお参りしている自分の姿を夢で見た。今思うとどうやって死のうかと思っていたのに、何かに救いを求めようとする心が働いたんやと思う。それが、55歳の時やった。ここから逃げ出したい気持ちもあって、托鉢に出た。ある日、見舞いに来てくれた老僧に『死んで本堂建つなら死ね。死ぬなら本堂建ててから死ね』と言われた。何よりありがたかったのは、復興のためにと寄進や励ましの言葉をかけてもらったことやった」と。

千手千眼十一面観世音菩薩坐像

白檀の千手千眼十一面観世音菩薩坐像

そこで、死の淵からはい上がり、復興への努力をはじめられたのである。「インド行ったのは白檀を輸入するためにやった。駄目であっても、日本で死んでたら、酒飲み坊主が野たれ死んだと言われるだけ。インドで死んだら、お釈迦さんの国へ行かはったんやと思てもらえるやろ」最初はそんな気持ちでもあったらしい。

経文に「観音像は白檀にて像形を作るべし。されば種々の罪障を除滅し、一切の不吉祥は吉祥に転ずるなり」とある。そこで、白檀で作成しようと決心された。ところがインドからの原木の輸出はワシントン条約で禁止になっていたので、白檀を手に入れるのにとても苦労をされた。合計20数回の渡印で、いろいろの方々との御縁があり、禁輸出品目である白檀原木を、インド政府より特別許可を得て、23t輸入できることになった。平成9年2月にインドで行われた調印式で、インド側のスピーチに「ヒンズーの神様と観音正寺の観音様が話し合って決められた」と言われた。住職の必死さがインド側の胸を打ったのであろうか、「まさしく観音様の大慈悲」と涙されたそうである。

白檀の輸入が決まってから資金のことを考え始められた。ご本尊は丈六《じょうろく》千手千眼十一面観世音菩薩坐像。身の丈は約3.5ｍ、光背、台座を含めると約6.3ｍ。その大きさ、白檀のつややかさとともに、拝見して一番私の目にとまったのは、観音像の光背になる部分の手であった。光背は千の御手からなり、一手約33㎝。それを一手33万円で奉納していただいたそうだ。個人と本尊さんの対話を願って奉納者の名前を書き入れてもらったということだが、文字の一つ一つに心が込められている思いがする。西国三十二番札所という知名度も働いて、観音さんの力で、本堂5億、全体で11億円もの浄財が集まり、世界初の白檀の観音さんが完成した。

落慶後の現在の思いをお聞きすると住職は「焼けたおかげで、こんなものができた。それもこれも観音さんの力やと思う。開寺以来１４００年。ここで生まれてここで

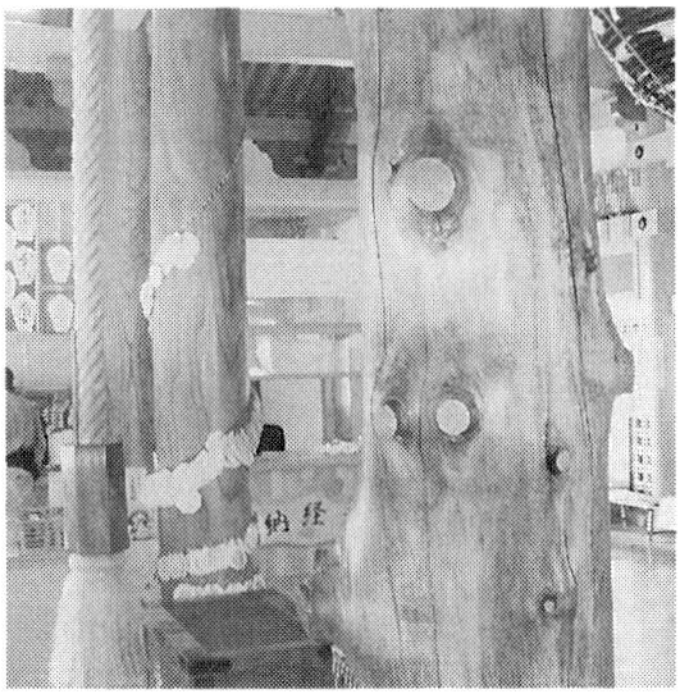

抱きつき柱

育った初めての住職としてこんなことさせてもらえた。命賭けて必死になったら観音さんは救うてくださる。人間には理解できない慈悲がある。さすが観音さんはすごいということを身をもって経験した。末法の時代の今をこの観音様がみんなを救うてくださる。必要な費用を観音さんが自分の手でまかなわはった。わしは下働きさせてもらっただけ」と答えられた。

抱きつき柱

本堂に1本だけ節目がそのままの柱がある。節々に金具がかぶせてある。平成10年10月の室生《むろう》寺でも被災のあった大台風の時、繖山の木が倒れた。その木を使って柱にした。不思議なことに節を数えると33節あった。観音さんと柱が綱で結ばれている。「私は今まで観音さんにしがみついて来た。皆さんにも柱に抱きついて観音さんにいだかれている思いを持ってほしい」というのでこの名をつけたそうだ。

観音正寺

かんのんしょうじ

近江八幡市安土町石寺２
℡ 0748-46-2549
電車で／JR 能登川駅からバス観音寺口下車徒歩 40分
車で／名神竜王 IC から 40分（山の中腹まで林道有） Ⓟ有

石馬寺

観音正寺《かんのんしょう》から山を下り、東の方へ行くと、「石の寺」というより「馬の寺」という名にふさわしい石馬寺《いしば》がある。

　繖山の裾を東の方へ行くと、五箇荘という村がある。近江商人発祥の地で、どっしりした邸が並び、素通りしただけでも、恵まれた町であることがわかる。石馬寺は、その西のはずれの山中にあるが、（中略）
　この寺は推古二年、聖徳太子の創建で、（中略）聖徳太子が霊地を求めて、ここまで辿りつかれた時、馬が動かなくなって、石と化し、その石馬が蓮池の中に沈んでいるという伝説があり、のぞいてみると、なるほど馬の背のような石が底の方に見える。（中略）かたわらには、「駒つなぎの松」というのもあって、ここばかりでなく近江には、聖徳太子に関する伝説が多いのである。
　そこから苔むした自然石の石段がつづく。途中で二つに分れ、左は山上の神社へ、右へとれば寺へ達するが、下から見あげる茅葺きの本堂は美しい。（中略）またしても、石の庭である。といっても、取り澄ました石庭ではなく、峨々とした岩山を背景に大きな石がごろごろ置いてあるだけだが、（後略）

馬の化石・駒つなぎの松

『五個荘町史《ごかしょう》』によると、聖徳太子にゆかりのある寺院は湖東地域に23寺あり、更に旧五個荘町内でも聖徳太子が開創したと伝えられている寺院も石馬寺を含め9ヶ所ある。開創伝承をもつ寺院で最たるものは石馬寺とされている。通称「馬の寺」と呼ばれるこの寺は、寺の説明書によると、推古2年（594）聖徳太子がこの地を訪れ、馬を山麓の木につないで繖山《きぬがさやま》に登り、下りてみると馬が石と化して沼に沈んだ（現在の石段登り口に沈む馬の化石）ことから、石馬寺と名づけられた。

乱れ石積みの「かんのん坂」を300段余り登る。現在は黒い手すりが続いている。別れ道の手前に亡者の辻と立て札があり、そこから寺の階段わきに石仏が並んでいる。般若心経が記されているよだれかけが信者さんの手によってかけられている。

正子が庭を見た石庭の間は現在なくなり、階段を上り詰めたところから直接石庭が眺められるようになってい

かんのん坂

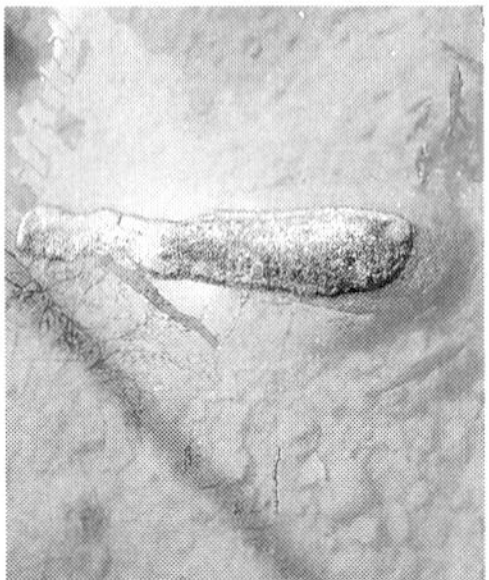
池の中の「石馬」

駒つなぎの松

る。もと本堂だったところに新しく大仏宝殿（収蔵庫）が建てられた。

大仏宝殿と本堂の交代

この寺には、仏像もたくさんあった。禅寺になる以前の、密教系の彫刻である。本堂には、運慶作の十一面観音が祀ってあるが、別に大仏殿と称する建物があり、丈六の阿弥陀如来、藤原初期の観音や四天王が、せまいお堂の中にひしひしと並んでいる。中で私の興味をひいたのは、水牛に乗った大威徳明王であった。等身大一木作りの、のびのびとした彫刻で、ことに水牛がすばらしい。頭をちょっと左にかたむけ、恭順を示しながら、一朝事があれば飛び出しそうな気配である。

石段を少し下りた所に、行者堂があって、役行者《えんのぎょうじゃ》（鎌倉時代）を祀っている。（中略）行者像も多いが、これはその中での傑作で、脇侍の前鬼・後鬼も充実した作品だ。

正子が下から見上げた茅葺きの本堂は、平成12年に大仏宝殿として建て替えられた。前の観音正寺が平成5年に焼失したことが引き金になったか、平成7年から建て替えが始まり、平成12年11月に落慶法要をされた。以前の本堂は慶長8年（1603）徳川家光の上洛にあたり、旧能登川町（東近江市）に御茶屋御殿として造営されたものであった。それを移して本堂とされたもので、老朽化していたのを取り壊し、その跡地に大仏宝殿を建てられた。

大仏宝殿は、その後修復されて、現在は本堂になっている。「先に大仏殿を造ったので、仏様たちを移動しなくてよかったので助かりました」と住職の奥様がいきさつを語られた。なるほどお寺にも一般家庭と同じようにリフォームの苦労がいろいろあるのだなと興味深く伺った。

大仏宝殿

重要文化財は11体あり、平安時代のものは木造大威徳明王像をはじめ8体、鎌倉時代のもので木造役行者と二鬼（前鬼・後鬼）の3体がある。

以前は「ひしひしと並んで」いた仏たちと別にあった役行者・前鬼・後鬼も現在は宝殿の中にゆったりと納められている。役行者像は鎌倉時代の代表作として平成3年に大英博物館に出品され、大好評だったそうだ。大威徳明王が乗った水牛もなるほど動き出しそうな感じである。

住職は「寺の仕事は毎日土方と掃除ですわ」「大仏宝殿も耐火の都合でコンクリートにしないといけない

本堂

石庭

けれど、外から見たらアンバランスです。木を植えたりして周りの自然と調和をはかろうと思っているけど、馬酔木《あしび》を植えてもなかなか大きくならないし…」「ここまで登られてそれだけで満足して帰られる方たちがおられるが、ぜひとも仏様たちを拝んでいっていただきたいと思っています」とおっしゃる。仏様たちは信長の焼き討ち等の戦火の折には村人たちが別のところに運び出して守り続けられたものだ。寺のパンフレットには「そこは世間に距離を置いて、しばし魂の洗われる、休止符の持てる『心に宿る隠れ里』です」とある。本当に魂の洗われる思いをして、階段を下りた。

毎回取材をして強く感じるのは、文化財を維持していくのは大変なご苦労がいるということである。毎日の買い物も階段を上り下りされている。最近持病の腰痛に苦しめられている私には、住職たちの大変さがしみじみとわかる。

木造大威徳明王像（重要文化財）

木造役行者と二鬼像（重要文化財）

五個荘散策――白壁と蔵屋敷を巡る

「素通りしただけでも、恵まれた町であることがわかる」五個荘町を散策した。近江商人発祥の地の一つとして知られ、重要文化財「弘誓《ぐぜい》寺本堂」の前の川には錦鯉が泳ぎ、聖徳太子創建の「浄栄寺」を左に見て、近江商人屋敷群へと向かう。こちらは常時公開されている。屋敷を入ったところには、川の水が引き込まれ、そこでいろんなものを洗うことができるように設計されているところもある。随所に工夫され見応えがある。

観光協会の方は「町並みは白壁と蔵屋敷が豊かな自然と調和したとても美しいものです。江戸から昭和のはじめの古いお屋敷群が見られます。中山道の要衝として栄え、全国から集めたぜいたくな木材を使って建てられています。質素ではないが、華美には走らない。数寄屋《すきや》造りで、京都から大工を招いて建てさせていきます。最初は自分の建てられるだけのお金で建て、後に稼いだ金で増改築を繰り返しています。『ぶらりまちかど美術館・博物館』（9月23日）では普段は公開されていないところも見ていただけますので、ぜひともお越しください」と言われた。五個荘で生まれ育たれた方で、本当にこの町を愛しておられるのがよくわかる。

石馬寺

いしばじ

東近江市五個荘石馬寺町 823
㊔0748-48-4823
開 9時～16時
休 月曜
¥ 500円
電車で／JR 能登川駅からバス石馬寺下車、徒歩 15分
車で／名神竜王 IC か彦根 IC から 30分、または八日市 IC から 20分　P 有

石をたずねて

石塔寺

『白洲正子の世界』（平凡社）の「石に惹かれて近江へ」の項で「近江のお寺には、奈良や京都のような美術品がふんだんにあるわけじゃないけれども、石造美術だけは一流ですもの」と表現した「一流の石造美術」を東近江市石塔《いしどう》町に訪ねた。

石塔寺入口と「下馬」の碑

しぜん私は近江を訪れることが多い。はじめは観光地をさけるためだったが、そのうち今いったようなことに興味を持ち、方々回って気がついたのは、何よりも石の多いことである。多いだけでなく、たとえば石塔寺《いしとうじ》の石塔、関寺の牛塔といったような、日本一の石造美術が残っている。これは偶然ではあ

「下馬溜」横の説明碑

下馬溜

るまい。白鳳の頃から移住した、帰化人の影響もあるに違いないが、彼らの技術を受入れるだけの、石の文化が存在したために他ならないと思う。そういうものをたずねてみたい。私の知識はとぼしいが、せめて歩いて、見るだけでも、何かつかめるかも知れない。そう思ったのが病みつきであった。

彼女の「病みつき」になった石の文化とはどのようなものであったのか。日本一だという石造美術とはどんなものなのか。東近江市の石塔に生まれ育たれたお二人に案内してもらった。

あの端正な白鳳の塔を見て、私ははじめて石の美しさを知った。朝鮮にも、似たような塔はあるが、味といい、姿といい、これは日本のものとしかいいようがなく、歴史や風土が人間に及ぼす影響を今さらのように痛感した。（中略）

それには日本古来の石積みの専門家たちが動員されたであろう。造ったのは百済人でも、彼らの協力なくして、このように美しい石塔はできなかったに違いない。

下馬溜

入口に阿育王山《あしょかおうざん》石塔寺と「下馬」の石碑がある。案内人の高畑富雄さんのお話では、「下馬」は700mほど離れた極楽寺の前の「下馬溜《げばだめ》」と呼ばれるため池の横にあったそうだ。平成21年の12月に「下馬」の碑がもとあったところに、高畑さんが石塔の歴史を後世に伝えるために石標を建立された。それには「大昔よりこの場所に『下馬』すべしの石標が建立されてありました。現在は此処から石塔寺の山門前に移設建立されてあるがこの事からして石塔寺の格式の高かりしを窺い知ることができる」とある。心から石塔の歴史を大事にされているのが伝わってくる。

石造三重塔への石段

石造三重塔〈伝・阿育王塔〉（重要文化財）

寺を右手に見て、158段の石段を登る。一段が一つの石でできているのや、一段が二つに別れている

石造三重塔（重要文化財）

石段上の昭和初期寄付者名の刻印

のもある。もう一人の案内人、中野治さんが「一段分の寄付ができず、半分ならできるというので、分けたのかもしれない」と言われる。一段一段に寄付された方たちの思いをかみしめつつ登る。

　登り切った石段の斜め右に立っている三重塔は、現存する石造層塔としては日本最古で、最大である。高さ7.6m。石材は花崗岩。奈良時代前期の建立とされている。相輪は後に補修されている。塔の下の周りは無数の五輪塔で囲まれて立っている。インドの阿育王塔と同形とも言い伝えていて、石塔寺境内にある数万基の石塔群の中で、ひときわ高くそびえる塔については、次のような伝承がある。

　平安時代の長保5年（1003）に唐に留学した比叡山の寂照が、「昔インドの阿育王が仏教隆盛を願って三千世界に撒布した8万4000基の仏舎利塔のうち、2基が日本に飛来しており、1基は琵琶湖の湖中に沈み、1基は近江国渡来山《わたらいやま》の土中にある」と聞いた。寂照は日本に手紙を送ってこのことを知らせた。一条天皇の勅命により、塔の探索を行ったところ、武士の野谷光盛なる者が、石塔寺の裏山に大きな塚を発見した。野谷光盛と天皇の勅使平恒昌が掘ってみたところ、阿育王塔が出土した。一条天皇は大変喜び、七堂伽藍を新たに建立し、寺号を阿育王山石塔寺と改号した。寺は一条天皇の勅願寺となり、隆盛を極め、八十余坊の大伽藍を築いたという。

三重塔は実際には奈良時代前期（7世紀）頃に、朝鮮半島系の渡来人によって建立されたとみるのが通説である。この石塔は、日本各地にある中世以前の石塔とは全く異なった様式を持つものであり、朝鮮半島の古代の石造物に類似している。湖東地区が渡来人と関係の深い土地であることは、『日本書紀』に天智天皇の頃百済《くだら》からの渡来人７００名余を近江国蒲生野《がもうの》に移住させた旨の記述があることからも裏付けられ、隣の日野町小野には鬼室集斯《きしつしゅうし》の墓と神社も伝えているから、未知の国に住み着いて遠く故郷をしのんで建立されたと考えられても憶測とは思えない。

石塔＆石仏群

昭和元年から昭和4年に、岡山県の仏教衆徒福田海《ふくでんかい》主中山通幽氏を中心とした人たちが三重塔付近の大改修をした。その時石塔村の人たちも協力し、北溜を掘られた時に出土したもの、野井戸に使われていたもの、川や道路工事等で出土した五輪塔の各部や石

石仏群

仏を集めて洗い清め、高い山上まで牛や人手で運び上げた。小石塔や石仏の積み直しをされ、現在の姿をとどめている。総工費２３２２円25銭（現在の２５００万円以上）で実施され、当時の記録や記念写真も残っている。階段を上がりきったところの左右に、昭和期の寄付者名が石に刻まれ、案内人の家には当時寄進した領収書も現存する。このようなことを後世の人たちにさせる「何か」を三重塔は持っている。更に、次のような活動に展開されていく。

石塔フェスティバル

百済からの移民や三重塔が百済様式であることから、旧蒲生町は千数百年前から朝鮮半島との縁が深かったと考え、平成元年に「ふるさと創生一億円事業」において韓国との国際交流を進めた。特に、朝鮮半島で繁栄した百済国最後の都・扶餘《ふよ》の場岩面《チャンアムミョン》長蝦《チャンハ》里《リ》三層石塔は石塔寺の三重塔と似通っていることから、場岩面との交流が進められ、平成４年には姉妹都市提携がなされた。平成12年には『石塔寺三重石塔のルーツを探る』（サンライズ出版）として日韓文化交流シンポジウムの記録も出ている。また、平成２年から現在まで毎年8月22日前後の日曜日に、護摩焚きの炎とロウソクの灯火で幽玄の世界を味わえる万燈祭などがある「石塔フェスティバル」が、日韓の交流を深めることと、昭和初期まで行われていた「万燈祭」の復活を目的に、開催されている。中野さんがこの取り組みに最初から尽力されていて、くわしくお話を伺うことができた。

取材を通じて石造三重塔が１３００年余りの時を経ても、私たちに大いなる影響を与えていることを実感した。正子の言う「一流の石造美術」が今もなお活躍しているのである。

石塔寺
いしどうじ

東近江市石塔町 860
TEL 0748-55-0213
開 9時～17時（5～10月は18時まで）
¥ 400円
電車で／近江鉄道櫻川駅からバス石塔口下車徒歩15分
車で／名神八日市ICから10分　P 有

牛塔（長安寺宝塔　重要文化財）

正子が石塔寺の塔に匹敵するという牛塔《ぎゅうとう》を訪ねて、私の生まれ故郷大津市に足を運んだ。

これと匹敵するのは、逢坂山を越えた所にある、関寺の牛塔であろう。石塔寺との間には、約三百年のへだたりがあるが、ここにはもはや大陸の残り香はなく、完全に日本のものに化している。人工から再び自然に近づいたといえようか。はっきりした形は失ったかわり、茫漠とした大きさと、暖かみにあふれ、須恵器の壺に、笠をのせたような印象をうける。

牛塔（長安寺宝塔、重要文化財）

牛塔は国道161号線、大津市春日町の信号を西に曲がった正面にある。京阪電車の上栄駅からは、線路沿いに南下して、踏切の右手、石段を上がった所で、牛塔が迎えてくれる。

大津市教育委員会作成の立て札によると「重要文化財　長安寺宝塔　この宝塔は、高さ3.3ｍで、八角形の基礎石に巨大なつぼ型の塔身をおき、笠石をつけたもので、鎌倉時代初期につくられた日本を代表する石造宝塔です」とある。

万寿2年（1025）に著された『関寺縁起《せきでら》』によると、古来、東国から京都へ入る関所として有名な「逢坂《おうさか》の関」付近には、関寺または世喜寺と呼ばれた大寺院があった。創建年代は不明で、南北朝期に衰亡したが、関寺大仏とよばれた弥勒菩薩を本尊とし、平安時代には都にも知られていた。

『更級日記』の作者菅原孝標女《すがわらたかすえのむすめ》も訪れ、「関寺のいかめしう造られたるを見るにも、そのをり、荒造りの御顔ばかり見られしをり思い出でられて、年月《としつき》の過ぎにけるもいとあはれなり」（関寺がりっぱに建立されているのを見るにつけても、かつて荒造りの仏様の御顔ばかりが覗《のぞ》かれた、あの時のことがおのずと心に浮かんできて、いつしか多くの歳月の流れてしまったのが、まことに感慨無量の心地《ここち》である）と記している（『日本古典文学全集18』小学館より）。

貞元元年（976）の大地震で壊れた関寺を、後に恵心僧都《えしんそうず》源信が復興を志した。その際に清水寺《きよみずでら》から寄進され資材を運搬した牛が仏（迦葉仏《かしょうぶつ》）の化身であるという噂が立ち、多くの人が霊牛を拝みに関寺に参拝し、藤原道長や頼通まで、駆けつける騒動になった。その様子が『近江名所図会』の中に残っている。工事完了とともに死んだところから、供養し祀ったのがこの牛塔である。

『近江名所図会』にみる関寺の「牛佛」
（臨川書店「版本地誌体系 13」より）

京阪電車のすぐ脇に建つ。牛塔は、ゆるくそった笠の下に、無地のまるみをもった塔身でできていて、抱擁されるような安らぎを感じる。石塔寺の塔とは全く異なる。正子がこの二つを並べて記述していなければ、「日本一」とは、大津に生まれ育った私でさえ、知らなかっただろう。石塔寺の塔が、地元の人に大事にされているのに比べて、旧大津市民としても申し訳ないことである。正子は『近江山河抄』の中で「石塔寺の三重の塔にはまだ朝鮮の影響が見られたが、この宝塔は完全に和洋化され、力強い中に暖かみが感じられる」と語っている。

長安寺

その後、関寺は、時《じ》宗の長安寺へと名前を変え、石塔もこの寺へと引き継がれることになる。「関寺遺跡時宗長安寺」の案内板によると「長安寺の前の名称関寺は創建年代は不明であるが、逢坂の関の近くにあった大寺院である。平安時代日本三大佛の一つ関

百体地蔵

長安寺本堂

寺大佛は特に有名である。鎌倉時代、時宗開祖一遍上人が遊行し『おどり念佛』を奉納。慶長の兵火に罹災の後、寺の名称を長安寺と改め時宗に属し現在は小堂を残すのみである」とある。

また、境内には、元亀2年（1571）の織田信長の比叡《ひえい》山焼き討ちなどにより、比叡山山麓の坂本付近に埋もれていたものを、昭和35年に100体を境内に移し祀った「埋もれ百体地蔵」や、「一遍上人供養塔」や謡曲「関寺小町」にまつわる「小野小町供養塔」がある。

一遍上人

時宗開祖一遍上人（1239～1289）は、源平の合戦、特に壇ノ浦の合戦で名を馳せた河野水軍の頭領河野《こうの》通信《みちのぶ》を祖父とする豪族の嫡子として伊予国（愛媛県）の道後で生まれた。しかし、承久の乱で皇族方についた河野家は、この戦いに負け、一遍が生まれ

小野小町供養塔

一遍上人供養塔

た頃には、家が断絶寸前という状態だった。一遍は10歳で出家させられ、13歳で太宰府の聖達《しょうたつ》（浄土宗西山派）のもとで12年間修行をした。当時は、平治の乱、源平の合戦、承久の乱と戦が続き、また、天変地異や飢餓なども重なって、まさにこの世の末、死が巷に溢れていた時代だった。

一遍は時衆を率いて遊行《ゆぎょう》を続け、民衆（下人や非人も含む）を賦算《ふさん》（時宗独特の教化法で、南無阿弥陀仏・決定往生六十万人と書かれたごく薄い札を配付すること）と踊り念仏とで極楽浄土へと導いた。ひたすら「南無阿弥陀仏」六字の名号を称える実践に価値をおいた。寺院に依存しない一所不住の諸国遊行をし、長安寺へも訪れたとされる。

小野小町

小野小町は平安前期の女流歌人で、六歌仙・三十六歌仙の一人。伝未詳。恋愛歌で知られ、古今和歌集をはじめ勅撰集に62首入っている。小倉百人一首には「花の色はうつりにけりないたづらにわが身世にふるながめせしまに」がある。絶世の美女とされ伝説も多く、謡曲・御伽草子・浄瑠璃などの題材となっている。その舞台の一つがこの地である。

謡曲「関寺小町」は、近江国逢坂山、関寺近くの老女の庵室あたりが舞台。ある年の七夕の夕暮れに関寺の住職が、稚児を連れて山陰に老女のもとへ歌物語を聞きに行く。老女は僧に請われるままに歌物語を語り始め、その言葉の端から彼女が小野小町であることがわかる。小町は昔の栄華を偲び、今の老いさらばえた姿を嘆く。寺の七夕祭に案内された小町は稚児の舞に引かれて我を忘れて舞うのだった。

「牛塔」を訪れて、菅原孝標女・一遍上人・小野小町など古《いにしえ》の方々と時代を超えての出会いがあった気がする。「牛塔」の前に立ち、幾多の人々が訪れたであろうことに思いを馳せると、近江の歴史のすごさを感じる。

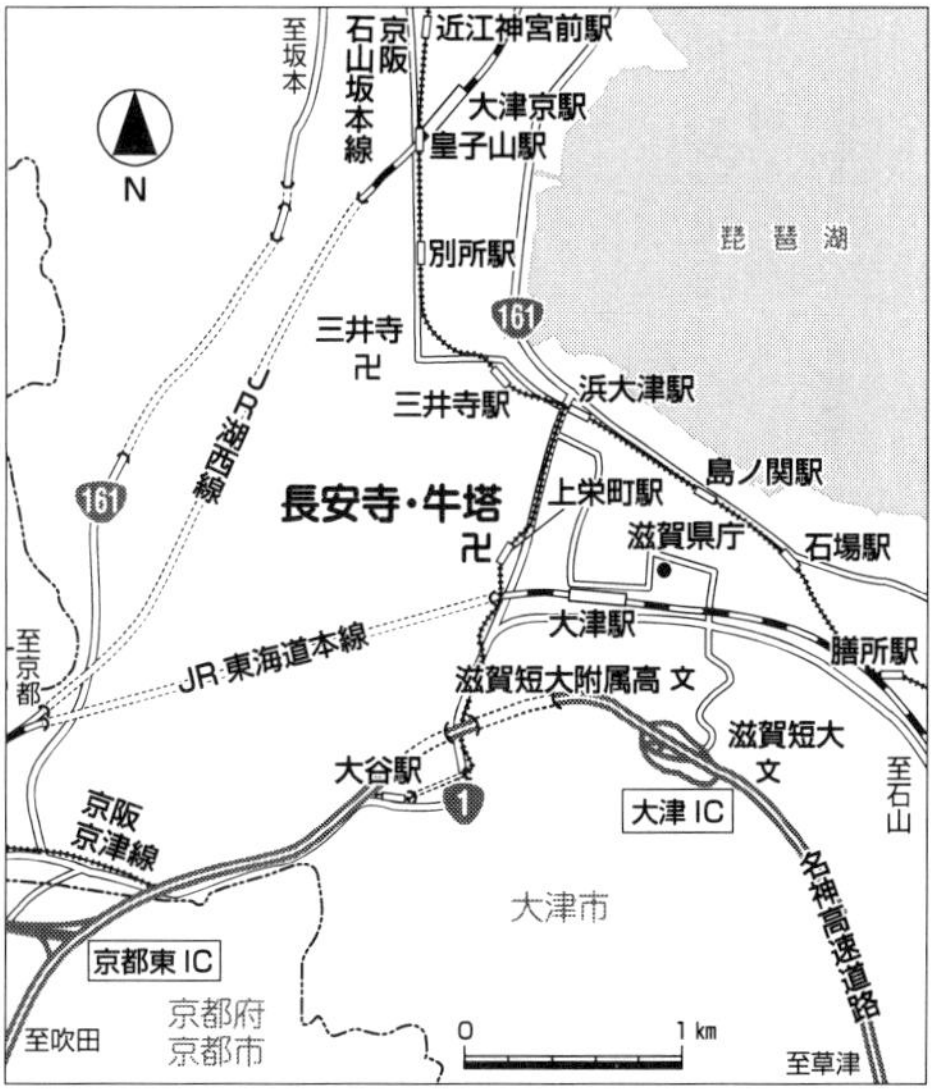

牛塔

ぎゅうとう

大津市逢坂 2-3-23
電車で／京阪上栄町駅下車、山手へ徒歩 3 分
P無

長安寺

ちょうあんじ

大津市逢坂 2-3-18
TEL 077-522-5983
電車で／京阪上栄町駅下車、山手へ徒歩 3 分
P無

正子は「いずれにしても、こんな美しい石塔が、二つながら近江の地にあることは、良材に富んでいたのはもちろんだが、その裏にある石の信仰と伝統のたまものといえよう」として、まず塔では「石塔寺の石造三重塔」「牛塔」をあげ、次には信仰の対象としての石仏について取り上げ、更に橋について述べている。

近江には、優れた石仏が多く、狛坂廃寺の石仏（奈良時代）をはじめ、花園山中の不動明王（鎌倉）、比叡山西塔の弥勒《みろく》菩薩（鎌倉）、鵜川の四十八体仏（室町）など、それぞれの時代にわたって、美しい作を見ることが出来る。石仏だけでなく、他の石造美術にも傑作が多いが、中でも特筆すべきは、日吉神社の石橋であろう。

これは天正年間に、秀吉が奉納したもので、一の鳥居を入ったところ、紅葉にかこまれた大宮川の清流にかかっている。上流から、大宮橋、走井橋、二の宮橋の順に並び、堂々としていながら少しも重苦しさを感じさせない。

花園山中の不動明王（磨崖不動明王）

ＪＲ三雲駅の北西約2.6㎞の岩根山の中腹の絶壁に、巨大な磨崖仏《まがいぶつ》が花崗岩に半肉彫りされている。高さ4.3ｍ、幅2.1ｍ。右手に持った宝剣の長さは2.3ｍあり、左膝を張り出し、右足を大きく踏み込んだ動きのある力強い姿である。谷を隔てた道からでもそのスケールの大きさがはっきりとわかる。後述する狛坂《こまさか》磨崖仏でも感じたが、いつ、誰が、どうやってこの像を彫ったのか、いつもながら我が先祖の力量に眼を見張る。花園集落から岩根山を少し登る道と左側に見られる。「十二坊温泉ゆらら」近くの駐車場所から下ることもできる。谷を渡る道も整備され、近くまで寄ることができる。

花園山中の不動明王

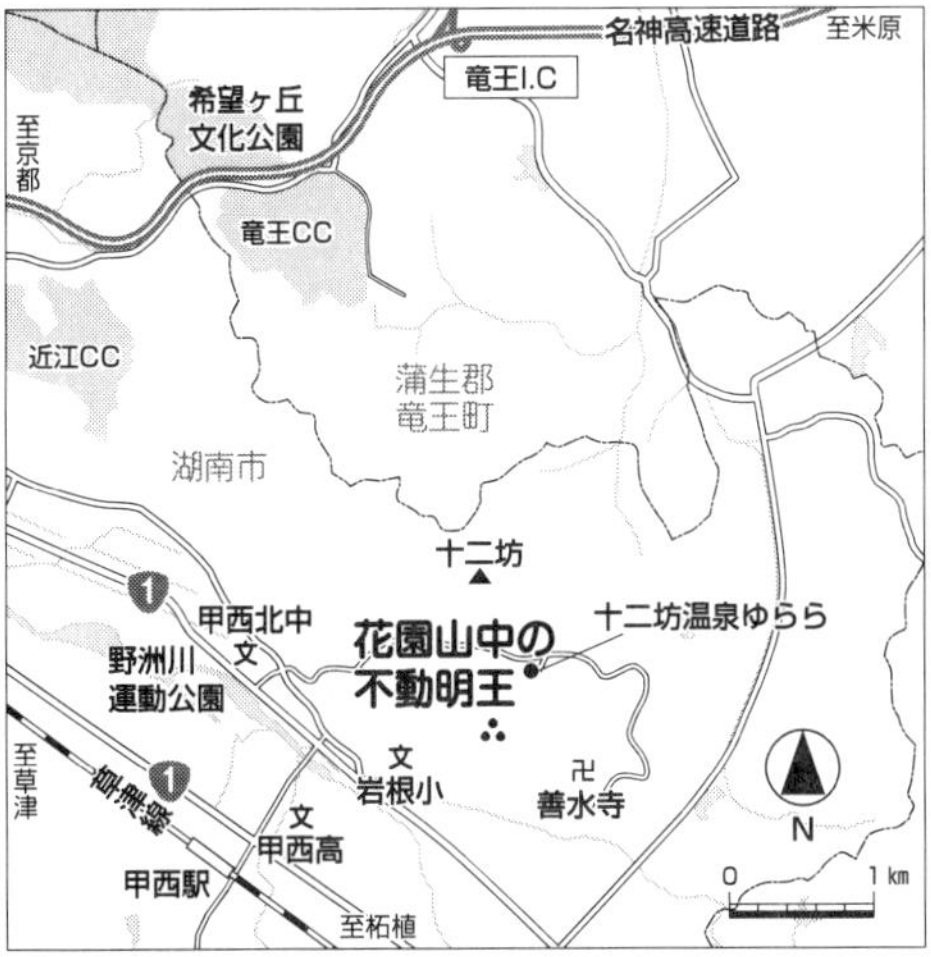

花園山中の不動明王（磨崖不動明王）
はなぞのさんちゅうのふどうみょうおう

湖南市岩根山中
TEL 0748-71-2331&2157（湖南市観光物産協会）

鵜川四十八体石仏群

白鬚《しらひげ》神社から北へ４００ｍほど１６１号線を行くと、左手に山の方へ登る道がある。これが、昔の北国海道《ほっこくかいどう》で、１６１号線沿いの万葉集の歌碑の建立されている所まで、峠越えの古道を行く気分が味わえる。石仏が盗難にあったとかで、盗んでいくものがレッカー車で通れないようにと、高さ制限が金属の枠でしてあった。

天文22年（１５５３）佐々木六角義賢《ろっかくよしかた》が、亡くなった母呉服前《くれはのまえ》をしのび、その死をいたむために、居城である安土の観音寺城から見て西の方向に西方浄土（極楽浄土）があると見立てて、この地に石仏を建立した。現在33体あり、残りの13体は大津市坂本の慈眼《じげん》堂にあり、後の2体は昭和62年に盗難にあって行方不明となっている。盗んだ人にはきっと罰《ばち》があたっただろうと思いたい。

今では観音寺城を望むには木立がじゃまをしているが、当時は琵琶湖越しに見えたのに違いない。母を大切に思う気持ちはいつの時代にも変わりないのだと感じる。城に向

鵜川四十八体石仏群

かっている石仏は大きさも異なり、いつくしむような表情の顔、無邪気でかわいい顔、おかしみのある顔など、姿もそれぞれ違う。城は無くなったのに、母思いで造った石仏は残る。これも歴史である。

鵜川四十八体石仏群

うかわしじゅうはったいせきぶつぐん

高島市鵜川
TEL 0740-22-6111（びわ湖高島観光協会）
電車で／JR近江高島駅からバス鵜川下車徒歩約15分
車で／名神京都東ICから70分、または北陸道木之本ICから50分、敦賀ICから60分
P 有

日吉大社の石橋

日吉大社

京阪電鉄石山坂本線の坂本駅もしくはＪＲ湖西線比叡山坂本駅で下車し、穴太《あのう》積みの石垣を見ながら坂を登っていくと、大宮川が境内に流れている八王子山（牛尾山・３７８ｍ）の麓、日吉大社に着く。

全国各地にある３８００余りの「山王《さんのう》さん」の総本宮で40万㎡の境内を持ち、猿を神の使いとして崇拝することで知られている。神社の始まりは古事記神代巻に「日枝《ひえ》の山に坐《いま》す大山咋《おおやまくい》の大神」と記されているほど古く神代に創建されたことがうかがえる。地主神である大山咋神とその妻、鴨玉依姫神《かもたまよりひめのかみ》を祀ったのが始まり。その後、延暦寺の発展とともに整備された。

境内は、東本宮と西本宮の２区域からなる。東本宮は、境内西にそびえる神体山の八王子山に鎮座する大山咋神を祀ったもの。山頂には金厳石《こがねのおおいわ》と呼ばれる磐坐《いわくら》があり、牛尾宮、三宮宮《さんのみや》などがある。

西本宮は大津京遷都にあたって奈良県の三輪山《みわやま》より大己貴神《おおなむちのかみ》を招き、西本宮のほか、宇佐宮、加賀の一宮である白山比咩《しらやまひめ》神社から来ていただいた白山宮などがある。東本宮・西本宮ともに本殿は日吉造《ひえづくり》といわれる特殊な建築で国宝である。このほか、珍しい石の橋の「日吉三橋《ひよしさんきょう》」、猿の彫刻のある朱色の「西本宮楼門」、山王の「山」という文字を表した「山王鳥居」など、重要文化財が多くある。社殿は、室町時代後期から江戸時代初期の建立が大半。

日吉三橋（重要文化財）

見事な建築美を誇る多くの社殿があちこちに散らばり、その中を横川《よかわ》中堂に通じる谷から発した大宮川の渓流が流れる。坂道を登っていくと鳥居があり、入口に入るとすぐに橋がある。日吉大社境内を流れる大宮川に架かる3基の石橋は、日本で最も古いと考えられている。南から西本宮（大宮）の参道に架かる大宮橋。木造橋の形式をそのまま用

大宮橋（重要文化財）

走井橋（重要文化財）

二宮橋（重要文化財）

いているそうだ。幅５ｍ、長さ13・９ｍ。両側に格座間《こうざま》を彫り抜いた高欄をつけるなど、一番手が込んでいる。そのすぐ下に、「走井《はしりい》」という清めの泉から名付けられたお祓いをするための石造反橋《そりばし》の走井橋がある。幅4.6ｍ、長さ13・８ｍ。東本宮（二宮）の参道に架かる二宮橋。石造の反橋だが、木造橋の形式によって作られている。大宮橋とはほぼ同規模だが、より構造は簡単。天正年間に秀吉が寄進したと伝えられているが、木橋が現在の石橋に架け替えられたのは、寛文９年（１６６９）のことである。

信長が比叡山を焼き討ちした後、秀吉が庇護をして回復したと伝えられるが、この橋も彼の贖罪の意味があったのかと思うと、橋を渡るのも、眺めるのも歴史を感じる。

日吉大社

ひよしたいしゃ

大津市坂本 5-1-1
TEL 077-578-0009
開 9時～16時30分
¥ 300円（境内）
電車で／JR比叡山坂本駅から徒歩10分、または京阪坂本駅から徒歩５分
車で／名神京都東ICより20分　P有

正子は「石をたずねて」で塔、石仏、石橋を取り上げてきた。次に穴太《あのう》積みの石垣について記述した後、「石は当然庭と結びつく。近江には、これもあまり人に知られていないが、名園が多い」として朽木《くつき》谷の興聖《こうしょう》寺と湖北の近江孤篷《こほう》庵をあげている。

興聖寺

京都と小浜《おばま》を結ぶ若狭《わかさ》路は、若狭湾で取れたサバに塩をまぶして保坂《ほうざか》（高島市今津町）経由で京都まで運ぶとちょうど良い味になったことから、「鯖《さば》街道」と呼ばれるようになったといわれている。朽木谷の興聖寺はこの街道沿いにある。

4～6世紀には、若狭から上陸した渡来人が、飛鳥《あすか》の里へ向かった道ともされる。足利将軍は争乱が起こるたびに、近江守護の六角氏や、佐々木一族の朽木氏を頼り、朽木谷に一時避難してきた。安曇《あど》川を見下ろす岩瀬地区に、義晴の館跡がある。陣屋であった館は慶長11年（1606）に秀隣《しゅうりん》寺となり、江戸中期に秀隣寺が移転したため、対岸にあった曹洞宗興聖寺が移ってきた。

興聖寺本堂

興聖寺は、曹洞宗開祖道元禅師が朽木谷の山野の風光が伏見深草の興聖寺に似ているのに驚き、近江守護佐々木信綱に建立をすすめ、仁治元年（1240）創建された。曹洞宗第3の古道場として隆盛を誇った。佐々木信綱は宇多天皇の直系で、その曾孫、義綱は氏を朽木と改めた。代々朽木を領し明治廃藩まで続き、当寺はその菩提所でもある。

司馬遼太郎は『街道をゆく1』の「湖西のみち」の中で「かつての朽木氏の檀那寺で、むかしは近江における曹洞禅の巨刹《きょさつ》としてさかえたらしいが、いまは本堂と庫裡《くり》それに鐘楼といったものがおもな建造物であるにすぎない」と記している。

旧秀隣寺庭園（国指定名勝）

朽木谷の興聖寺には、足利将軍義晴が、ここに逃れた時造ったという石庭があり、安曇川の渓流

左亀島より右鶴島の方向、比良の山並み

庭園の奥に椿の木々

をへだてて、比良山が眺められる。今は少々荒れているが、妙に手のこんだ庭園より、石組みも自然で、気持ちがいい。造園は、茶人が指揮したにしても、働いたのは近江の石工たちであったろう。そう言えば、「お庭番」と呼ばれた将軍家の隠密も、伊賀・甲賀から出たしのびの者であった。

享禄元（1528）年秋、12代将軍足利義晴は三好長《なが》基《もと》反乱の難をここに避け、朽木稙綱《たねつな》を頼って約3年間滞在した。将軍を慰めるため、佐々木一族京極高秀や浅井《あざい》亮政《すけまさ》、朝倉孝景等の援助で管領細川高国自身が作庭したといわれている。また、13代将軍義輝は家臣・細川藤孝（後の幽斎）を従え6年半滞在した。

司馬遼太郎著『国盗り物語』には次のような記述がある。

足利将軍は、京で乱がおこって追われるたびに

浅井政亮が贈ったという石橋

椿の根っこ

朽木谷に走った、といっていい。光秀の生まれた年の享禄《きょうろく》元年には将軍義晴《よしはる》が、さらに道三が稲葉山城を造営した天文八年には将軍義晴・義藤（のちに義輝）の父子が流寓し、いまは十三代将軍義輝が、わずかな近臣をつれて朽木氏の居館に身を寄せている。

（『国盗り物語　後編』）

興聖寺でなく旧秀隣寺庭園と言われているのは、朽木稙綱の妻がキリシタンで、陣屋の敷地内に秀隣寺を建てて祀っていたことによる。その後、陣屋と秀隣寺が移動し、興聖寺が対岸から移転してきた。庭が国の名勝に指定されるときに旧秀隣寺という名称を使ったのが、現在に続いているそうである。「本来なら『足利庭園』というのがいいのかもしれない」と住職は話された。

面積234坪の庭の原形は築庭当時そのままで、『日本庭園をゆく24』によると「池《ち》泉《せん》は庭の東から滝を落とし、曲折した流れの中央の狭い部分に石橋を架け、橋の北に亀《かめ》島《じま》、南に鶴島《つるじま》を配置している。向かい合う島の石は変化に富み、力強い。流れは鶴の尾にあたる池尻で関になり、鶴亀蓬萊《ほうらい》・長寿延年を主題にしている。護岸の石組も島に呼応するかのように自然体でありながら、たがいに引き立てている。池の周囲には、楓《かえで》と藪椿の古木が根をはり、池に落ちる藪椿の花が彩りを添える」とある。

何故、藪椿なのか住職に伺うと、「首が落ちるように散るので、椿は武士にふさわしくないと言われたのは後のことで、椿の根には岩全体を包む性質があり、全体の雰囲気が変わらないように、使ったのではないか。8本植えられているのは、末広がりの『八』で、将軍の健康と多幸を祈ってのではないか」と答えられた。

正子は「石をたずねて」の最後に「自然に始まって、自然に還る。だが、それは昔のままの自然ではない。そういうものが、日本の美であり、形ではないかと私は思う」と締めくくっている。庭園の椿は、「関西花の寺25カ所霊場」の第14番として、今も私たちを楽しませてくれる。

細川家との縁

13代将軍義輝が家臣細川藤孝と6年半滞在した時に、藤孝は現在の小浜市若狭町にあった熊川城主沼田氏の娘を妻とし、忠興が生まれた。後に忠興の子どもの忠利が熊本に寛永9年（1632）年移封され、明治の廃藩置県まで細川家が藩主として存続した。

住職によると、細川護熙《もりひろ》元首相のご両親が訪問された際に、「細川家が江戸時代参勤交代で草津まで来た際には、家来が馬を飛ばして挨拶に来られたり、おみやげを持って来られたりして、恩義を感じておられたようだ」と先代の住職に話されたそうだ。細川家が朽木家に恩義を感じておられて江戸末期まで続いたとの話が、現代の方まで伝わっているのかと思うと、非常に興味深かった。

木造釈迦如来坐像（重要文化財）

木造釈迦如来坐像（重要文化財）

寺の説明によると、950年ほど前、後一条天皇と中宮藤原威子との間に生まれた皇子が「白子《しらこ》＝先天性白皮症（メラニンの生合成に支障をきたす遺伝子疾患）」で、朽木谷に隠されていた。威子は摂政藤原道長の四女で、長姉彰子が生んだ後一条天皇の元服を待って、9歳年上の叔母が妻になった。遺伝的な疾患は近親結婚から生じたのかとも考えられる。その隠された皇子が死んだ後、道長の長男頼通は仏師に三尊仏を造らせ皇子の霊を慰められた。その一体が本尊釈迦如来坐像で定朝一派の作である。皇子が普通に生まれていたら、歴史も変わっていたかも知れない。

住職は「白洲さんも、司馬遼太郎さんもお上がりになったそうですからどうぞ」と段の上まで登るように奨めてくださる。恐れ多いと思ったけれど、お言葉にしたがって、すぐ前まで参らせていただいた。亡くした子をいとおしく思う気持ちは道長の時代も現代もいつの時代も変わらないことを思いつつ、合掌をした。

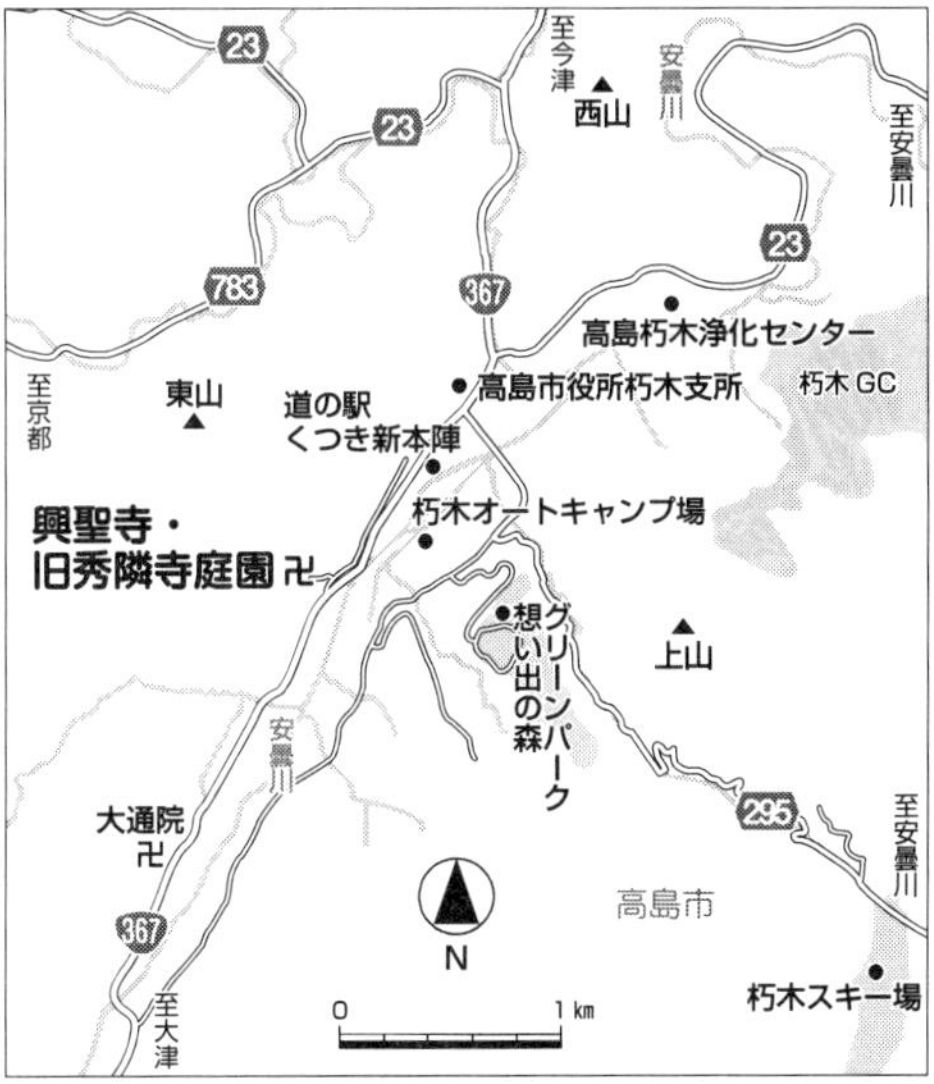

興聖寺・旧秀隣寺庭園

こうしょうじ・きゅうしゅうりんじていえん

高島市朽木岩瀬 374
TEL 0740-38-2103
開 9時～ 17時
¥ 300円
電車で／ JR 安曇川駅からバス岩瀬下車、徒歩 3分
車で／名神京都東 IC から 60分　P 有

金勝山をめぐって

大野神社

「近江の狛坂廃寺というところに、美しい磨崖仏《まがいぶつ》があることを、私は二、三の友達から聞いていた」という書き出しではじまる栗東市《りっとう》の「金勝山《こんぜやま》をめぐって」を旅する。

地図でみると、狛坂寺は、金勝山のつづきにある。コンショウともコンゼとも訓《よ》み、最近は近江アルプスなどと呼ばれているが、琵琶湖の南、栗太郡の奥にある連山で、南側は信楽に接している。山をめぐって古いお寺や神社があり、（中略）草津から南下すると、栗東町の金勝《こんぜ》という村に出る。道は次第に丘陵地帯に入り、小さな部落が点在する中を縫ってゆくと、立派な神社が次々あらわれる。

「立派な神社が次々あらわれる」とある神社の一つ大野神社を訪れた。説明板によると「当社は天徳三年（959）天満天神の勧請と伝え、古くは狛坂《こまさか》天神・於野宮《おのみや》天神と称し、金勝庄の総社として金勝の山々の信仰と共に発展した」とある。金勝山から湖側に広がる谷筋の、西側に延びる尾根の先端近くに位置する。江戸時代の絵図によると、金勝《こんしょう》寺に至る道は西参道と東参道の二筋ある。西参道は、大野神社から入り、走井《はしり》から不動谷を経由して金勝寺へ至る。

もともと人間がコントロールできない天候や地震などの偉大なる力に畏敬の念を持つとともに、できることならば自分たちに幸せをもたらすようになってほしいという願いが根源となって神社は生まれている。大野神社も現在の本殿の右横に祀られる「水分社《みくまりしゃ》」（水の神龍神）がもともとの信仰の対象であった。龍王山の頂上のすぐ横に山の神「水分社」があり、その分霊《わけみたま》としてこの里に祀られた。

大野神社参道

神社の言い伝えによると、金勝寺に勅使として当地を訪れた菅原道真公がこの神社に滞在された。その後、道真公は藤原一族の讒言《ざんげん》により、太宰府に流されたが、醍醐天皇が亡くなるなど、世の中によくないことが多くおこり、道真のたたりであるとの畏怖《いふ》で天神信仰が盛んになった。京都の北野天満宮が建てられ、13年後に於野宮天神（天水分大神《あめのみくまりおおかみ》）の横に、於野宮天満宮が創建された。これが今日の大野神社である。

鳥居から、楼門（重要文化財）、拝殿、本殿は天満宮としての建造物で、徐々に登っていく本来の社殿の形式を有している。入母屋《いりもや》造りの楼門は鎌倉時代初期の建築だそうだ。本殿に向かって右横の出雲社（市指定文化財）は一間社流《いっけんしゃながれ》見世棚《みせだな》造りで、小規模ながら均整のとれた姿で、室町時代の建築とみられる。観音堂には平安時代の作である十一面観音立像（市指定文化財）がある。観音堂は境内からはずれた場所に建っていたので、神社の境内を対象としていた明治の神仏分離を免れたと伝えられている。明治2年に社名を「大野神社」、主祭神を「菅原道真公」と改め、末社に「水分社」が祀られることとなった。

金勝山には、麓の観音寺から登る東坂と、中村から登る西坂があるというが、今私たちが来たの

大野神社本殿

楼門（重要文化財）

は西の表参道であろう。京博の景山春樹氏の母上は、東坂の生まれとかで、先生は子供の頃、よくこの山へ茸狩りや魚釣りに行った。干魃《かんばつ》の夏などは、「アーメ　ターマエ　ハーツダイ　リューオー」（雨給え八大竜王）と唱えつつ登ったという話をうかがったことがあるが、この辺にはまだそういう信仰が残っているのであろう。

里の水分社

雨乞い

正子が栗東に来た時に、京都国立博物館の景山春樹氏を通じて、金勝山の龍王山にまつわる「雨乞い」の様子について、詳細に正子に書き送られた方のお話を伺えた。

（7月中頃の午後）郷村の氏神・大野神社に、およそ200人前後の村人が参集、ここで、末社・水分社《みくまり》に、降雨祈願の祝詞が奏上される。やや時を待ち、薄暮の頃を見はからって、参加する人々の手には炬火《たいまつ》が持たれる。約2m位の竹の先を裂き、細竹と菜種殻を割れ目にはさんで、これを荒縄でしっかりとくくりつけると炬火ができる。（中略）やがて、薄暮から初更の時刻（おそらく午後7時頃）、旧金勝寺参道

〈通称七曲り〉約5キロを登り、その途中、通称「火付木場《ひつけこば》」で一斉に炬火をともすこととなる。人々は、肩に降りかかる火の粉を振り払いながら急坂を登るのであるが、ここで、掛け声でもあり唱名でもあり、呪文でもあり、念願とも聞こえるように、「アーメタモ・リュオウヨー・ハッタイリュオウヨー」（雨給え龍王よ・八大龍王よ）と山に向って、谷に向って、呼びかけるように、また叫ぶように唱えながら登っていったものだった。

（近江歴史回廊倶楽部十周年記念誌所収、高田穣「『かくれ里』へのこだわり」より抜粋）

こういう話を手に入れる努力をした上に、『かくれ里』が成り立っているのだと思うと、その膨大なエネルギーは見習うべきものが多い。高田さんへの正子の返信が昭和44年10月の日付で残っている。それには、「お手紙の中にあります雨乞いの木魂《こだま》のこと目に見えるようにお知らせ頂き…云々」とある。

また、金勝に生まれて、すぐ近くに嫁入りされた方が、神社近くに住んでおられ、その方から雨乞いについての話を伺った。

「昭和の初期に雨が降らなかった頃、祖父が1週間山でお籠もりをして、雨が降ったことがあったのを聞いて育ちました。昭和38年は雨の降らない年でしたが、祖父のことを思い出し、山の神、龍神さんにお参りをしたんですわ。夜、仕事が終わってから、懐中

奉鎮祭

馬頭観音近くの駐車場からの三上山

電灯で照らしながらお参りすると、雨が降りましたんや。地域の人からも田んぼで、『ゆうべお参りをして来てくれたんか。田に水が入ったわ』と感謝の声をかけられたりしたこともありました。そやから、今でも続けとります」と話された。

奉鎮祭

　大野神社では平成20年7月27日に山の水分社（水の神龍神）の御扉を改修するにあたり、宮司、巫女、総代、宮世話が集まり、奉鎮祭が斎行《さいこう》された。この年はこの時期まで雨が少なかったが、祭りの夕刻から雨が降り、翌日には雷がなって大雨になり、神社の電話回線が故障したそうだ。山の水分社の近くに天壺《あまつぼ》（天池《あまいけ》とも）と称される一角があって、不思議なことに晴れの続いた日でも水の湧き出ているところがある。この場所の様子でその年の雨の様子を予想するという話も聞いた。山の水分社へは車で馬頭《ばとう》観音堂の近くの駐車場まで行く。ここからの眺めは絶景である。山道を10分ほど行くと、右側に古石で出来た水分社があり、近年新しくされた石の扉が見うけられる。後に狛坂磨崖仏を訪ねる途中にある。

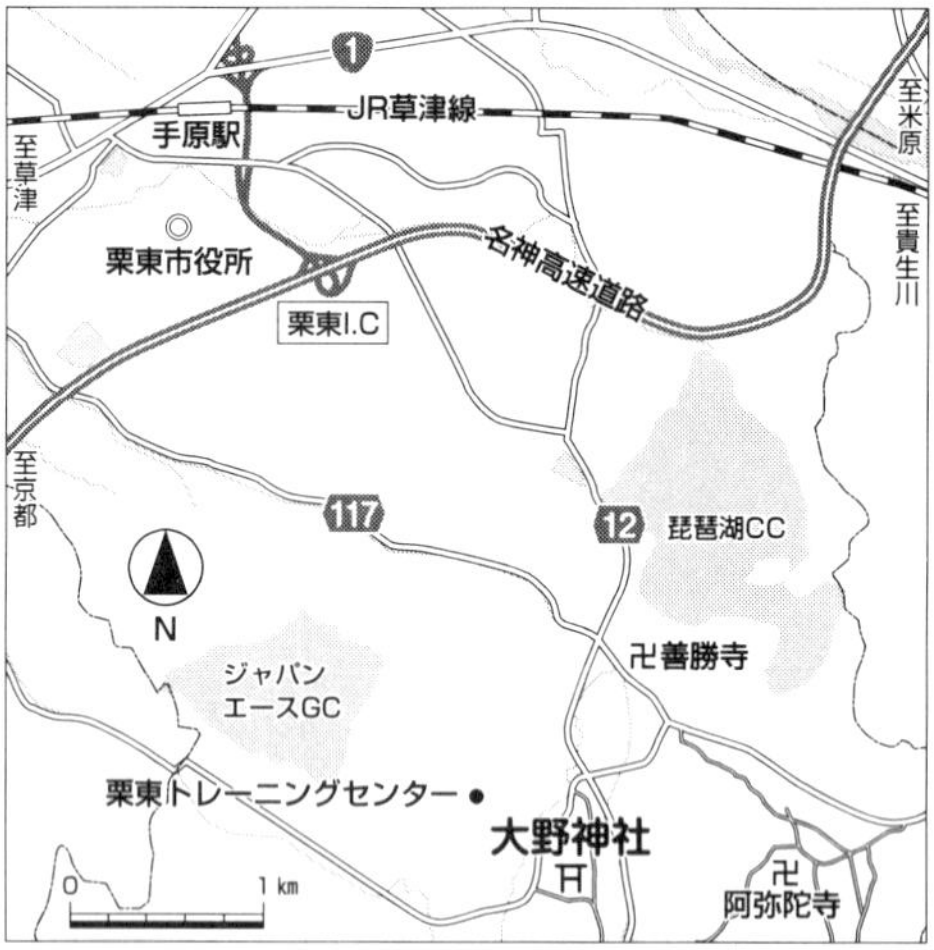

大野神社

おおのじんじゃ

栗東市荒張 896
TEL 077-558-0408
電車で／JR 草津駅からバスコミュニティセンター金勝下車、徒歩 10分
車で／名神栗東 IC から 10分　P有

いずれも鎌倉や室町のすぐれた建築で、近江にはこのような神社が多いのである。その辺には、善勝寺、阿弥陀寺、金胎寺、金勝寺の里坊など、古いお寺が密集しているが、金勝山をめぐる末寺が多く、この山が近江の南部における信仰の中心地だったことを語っている。

善勝寺

普門山善勝寺《ふもんざんぜんしょうじ》は栗東市御園《みその》の信号を石部《いしべ》方面に向かい、理髪店を左に曲がると右手の階段上にある。近世の寺伝によると貞元2年（977）勝光法印《しょうこうほういん》により開かれたといわれる。11世紀前半の作といわれる千手観音立像はじめ、平安時代にさかのぼる古像を多数伝えている。しかし、時代の変遷とともに寺の勢いもなくなり、本堂の鰐口《わにぐち》（神社仏閣の正面の軒に、布で編んだ縄とともにつるされた円形で扁平中空の金属製の音具。参詣者

善勝寺登り口

善勝寺本堂

が縄でたたいて鳴らす）の銘にある延宝2年（１６７４）頃再興されたとみられる。再興をしたのは善譽《ぜんよ》等順《とうじゅん》（１６３０〜？）という、金勝山を信楽の方に降りたところにある現在の大津市上田上《かみたなかみ》大鳥居の人であった。彼は膳所《ぜぜ》藩の支援などをとりつけ、苦難の末再興したようである。いつの時代でも、お金を調達する才覚が必要なのである。

木造千手観音立像（重要文化財）

折良く栗東歴史民俗博物館で展示をしていたので、学芸員の方から話を聞くことができた。「本面の左右に大ぶりの脇面をもち、通常の脇手に加えて多数の小脇手をもつという、特徴ある姿をしている。湖南地域を代表する古像のひとつとして、重要文化財にも指定されている。近年の調査で、１０１１年を上限として１０２０年代頃までに伐採された材から彫り出されたものであると確認された。胸前で合掌した2臂《ひ》、腹前で鉢をもつ2臂、さらに左右の脇手を各20臂《ぴ》ずつに加え、左右脇手の間に小脇手を左に４７２、右に３６７あらわしており、後世の補作分もあわせて合計９００足らずとなるが、当初は文字通り千の手をあらわそうとしたものかとみられる。三面千手（左右に大ぶりの脇面をあらわす）は日本に数例しかなく、ほんとうに千本の手をあらわそうとしているものも比較的稀である」とのことだった。私が30年以上も通っている道の脇にこんなすごい像がおられたとは本当に驚いた。

木造千手観音立像（重要文化財）

更に「千手観音像を含め善勝寺伝来の諸像には、表面に火にあぶられたような炭化痕が残っている。これをみると、過去に火災があり、火が迫る中、これらの像を助け出した人があったことがわかる。必ずしも記録に残ることはないかもしれないが、こういった人々の尽力によって多くの文化財が現在にいたるまで奇跡的に守り伝えられてきたことは忘れてはならないと思う」と言われる。湖北の観音様といい、名も無き人々が、自らの命もかえりみず、救出してくださったおかげで、今も私たちは目にすることができる。そして、救わずにはいられない何かを仏様たちは持っておられるというのを実感する。

阿弥陀寺

金勝山《こんしょうざん》阿弥陀寺は室町時代、栗東市川辺《かわづら》出身の隆堯《りゅうぎょう》（1369～1449）によって開かれた。金勝寺《こんしょう》は女人結界《にょにんけっかい》（女人禁制の地域）の地で、広く人々に教えを説くため、応永20年（1413）頃、東坂に草庵を結んだ。これが寺のはじまりといわれる。一時は近江の浄土教団の中心寺院となり、8世応誉明感《おうよめいかん》が織田信長に見いだされて安土城下に移住させられた。またもや信長が登場する。そのため当寺は、勢いがなくなったといわれている。明治に火災にもあい、本堂はその後建築されたものである。

善勝寺から新辻越橋の信号を越えてすぐの道を右にとると、寺に至る。先の善勝寺と比べてははるかに広い境内が、浄土の中心寺院である名残をとどめている。

阿弥陀寺本堂

阿弥陀寺山門

金胎寺

金勝寺は、そこから六百メートルほど登った山の頂上にあり、最近自動車道がついたので楽に行ける。が、無住の寺なので、あらかじめお願いしておかないと拝観できぬと聞いていた。で、お寺の鍵をあずかっている金胎寺へよってみると、幸い住職はご在宅で、一緒に行ってくださるという。

この時正子を案内された金胎《こんたい》寺の住職にお話を聞いた。当時お寺の鍵を預かっていたのではなく、金勝寺の住職とは職場の同僚で、「体が空いていたら案内を頼む」と頼まれていたので、鍵はなかったが案内したとのこと。その年の水害で、途中までしか車で行けず、後は歩いて寺へ向かった。金勝寺では軍荼利《ぐんだり》明王は扉を通して透けて見え、本堂は前の障子が少し開いたので、そこから拝んでおられたそうだ。

金胎寺については、草がたくさん生えているので、住職は恐縮していたが、正子は「山寺は草が生えてい

金胎寺石段

るのが自然でよい」。53段ある石段も「苔むしているのがよい」と言われたそうだ。ここにも朽木谷《くつき》の興聖寺《こうしょう》の庭を「今は少々荒れているが、妙に手のこんだ庭園より、石組みも自然で、気持ちがいい」という彼女の美意識が表れている。この時は崖くずれなどで、別な機会に麓から迂回した方がいいと住職が提言され、後年狛坂磨崖仏《こまさかまがいぶつ》に大津市田上から登られたそうだ。

木造阿弥陀如来と両脇侍像（重要文化財）

本堂の阿弥陀如来は実にやさしい顔をしておられる。拝顔していると本当に心がやすらぐ。如来さんの胎内に書かれている文字が、額に書で描かれている。それによると、永治2年・康治元年（途中で年号が変わった）とかの表示がみられるので、成立は1142年と考えられる。以来870年もの間、柔和なお顔で私たちを見つめてくださっているのである。この寺の成立については『栗東の民話』に「都の姫」として、「両親の反対をおして、結婚した姫が金勝の地へ来なければならなくなり、悲しんで近くの池に身を投げた。都

木造阿弥陀如来と両脇侍像（重要文化財）

の両親がその地にお堂を建て、金胎寺として今も残っている」とある。

金勝の名称

信楽は金勝山の南麓に位置する。金勝の名が示すとおり、それは金属を扱う人々が奉じた神、もしくは銅か何かの鉱脈があったに違いない。景山さんのお話では、金勝族（金粛、金精とも書く）といって、青銅を業とする集団があり、良弁がそれを統率したのではないかといわれる。私もその説に賛成である。良弁が金勝寺を建てたのは伝説かもしれないが、帰化人の彼がそういう人たちを指導したことは想像できる。

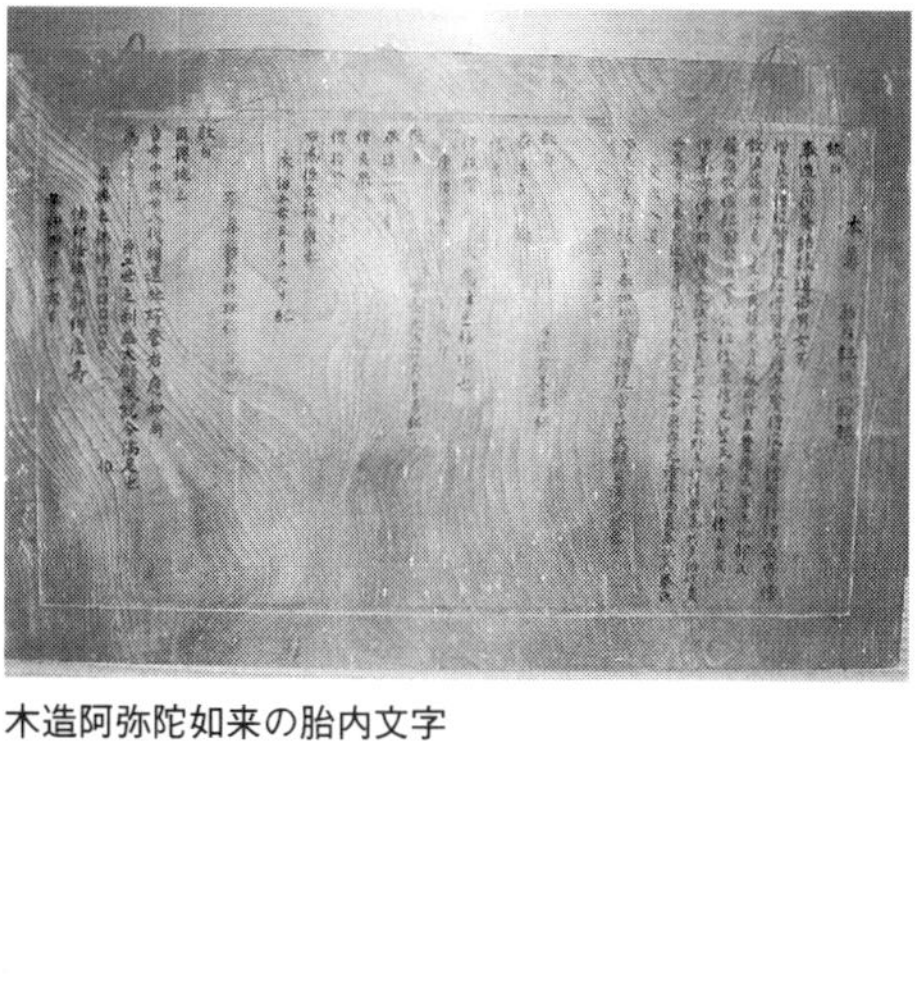
木造阿弥陀如来の胎内文字

「金勝」は地名は「こんぜ」と呼び、寺は「こんしょうじ」と呼んでいる。甲賀《こうか》の「櫟野」が地名では「いちいの」と呼び、寺が「らくやじ」としているのと同じである。正子は「金勝」についてこのように書いているが、あくまでも説であって、栗東歴史民俗博物館の方に伺っても確たる証拠は残っていないそうだ。

しかし、前述「雨乞い」で登場いただいた高田穣氏は「天台文化を伏線として、古代へ遡《さかのぼ》ると、そこに奈良仏教の最先端として、紫香楽宮《しがらきのみや》での大仏鋳造《ちゅうぞう》を軸とする古代鉱業が、甲賀信楽で大きく発達した時、その資源を産出したのが、近江東南部に位置した甲賀栗太《くりた》洛南へ伸びる湖南山地であって、そのほぼ中央に位置して、古くから呼ばれていた地名の中に、木瀬《きのせ》（黄瀬）、金瀬《こんせ》（金勝）鉱脈がごく自然に言いならわされて来たが、この鉱物産出場所を伝える『金の瀬《きんせ》』が広い山間の場所として、人々に『金瀬《こんせ》』↕『金《こん》勝《ぜ》』と呼ばれ、長い年月を経て『金勝《きんしょう》』は何の不思議もなく『コンゼ』と定着してきた」との説を持っておられる。

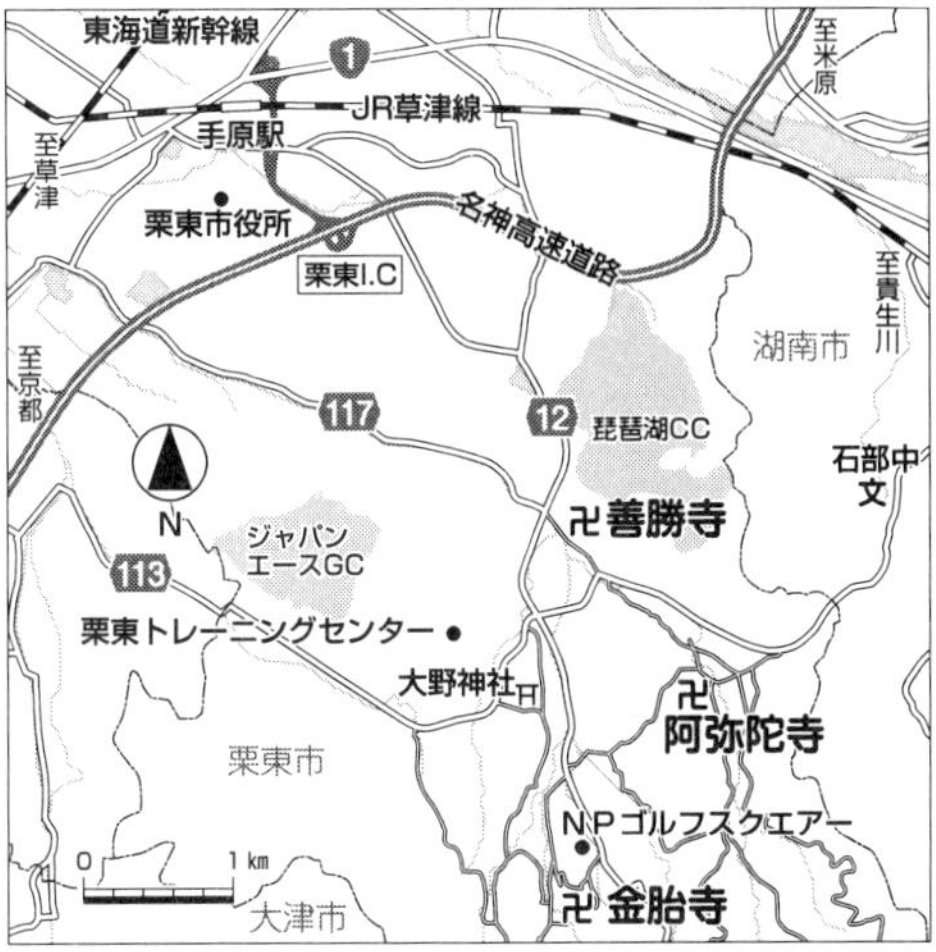

善勝寺

ぜんしょうじ

栗東市御園（善勝寺公園横）
電車で／JR 草津駅からバス中村下車、徒歩 5 分
車で／名神栗東 IC から 8 分　P無

阿弥陀寺

あみだじ

栗東市東坂 506
電車で／ JR 草津駅からバスコミュニティセンター金勝下車徒歩 30 分
車で／名神栗東 IC から 10 分　P有

金胎寺

こんたいじ

栗東市荒張 398
TEL 077-558-1568
電車で／ JR 草津駅からバスコミュニティセンター金勝下車徒歩 30 分
車で／名神栗東 IC から車で 20 分　P有

栗東市の「金勝山《こんぜやま》をめぐって」の旅は中盤にさしかかった。金胎寺の住職に案内されて、金勝寺へ向かった正子は次のように記している。

金勝寺

山の景色はすばらしかった。登って行くにつれ、近江平野が足元からぐんぐん延びて、はるかかなたに三上山が霞んで見える。（中略）

やがて、頂上に着く。杉の大木にかこまれた寺は森閑として、ハイカーの焚火の跡だけがさむざむと残っている。山門の手前の草むらに、「下乗」と書いた美しい板碑が立ち、さすが石の近江だけあって、こんな路傍にもみごとな石造美術が残っていると思う。朽ちかかった本堂の中には、釈迦如来が端坐し、横手のお堂には、巨大な軍荼利《ぐんだり》明王が、腕を組み、物凄い形相で見下ろしている。四メートルもある一木造りの彫像で、昔はたくさんあった堂塔の中に、このような群像が並んでいたのであろう。金勝寺は奈良の都の鎮護の寺であったというから、このような仏像を置いたのだろうが、ただ一つ残る明王だけ見ても、当時の壮観がしのばれる。

金勝寺の由緒は、天平5年（733）聖武天皇の勅願により、奈良の京（平城京）の東北鬼門を守る国家鎮護の祈願寺として、東大寺初代別当の良弁《ろうべん》僧正が開基し、8世紀中頃までに近江の25別院を総括する金勝山大菩提寺として建立されたと伝える。天長10年（833）仁明天皇により、鎮護国家の僧侶を育成する「定額寺《じょうがくじ》」に列せられ、金勝山金勝寺となった。文治元年（1185）焼失し、再興された記録がある。平安時代後期には天台宗に転宗したが、天文18年（1549）大火により焼失し、現在の本堂は約400年前の仮堂である。大野神社で休まれた菅原道真公が金勝寺に勅使として訪れたと伝えられている。

現在は車で県道12号線を登り、「道の駅こんぜの里りっとう」のすぐ上右側に「金勝寺参道入口これより約二キロ」「ナンダ坂狛坂金勝山石段入口」の道しるべがある。徒歩なら石段を行くことができる。

良弁僧正お手植大杉

金勝寺駐車場の南側に木製の看板「良弁僧正お手植

良弁僧正お手植大杉

道の駅すぐ上右側登り道にある道しるべ

木造軍荼利明王立像（重要文化財）

軍荼利明王像立像が安置されている二月堂

大杉」があり、奥に少し入っていくと平成2年名木指定されている大杉がある。

木造軍荼利明王立像（重要文化財）

石段の参道を上がると仁王門があり、くぐって右の二月堂に巨大な軍荼利明王立像がある。頭髪を逆立て、上歯列で下唇を噛んで怒った目で睨み付ける一面八臂《はっぴ》の巨像で、檜の一材で掘り出されている。4m一木造りの彫像は、実に迫力がある。平成22年秋に滋賀県立近代美術館で開催された生誕100年特別展「白洲正子『神と仏、自然への祈り』」に出品され、会場で一番大きな偉容は参観者の目を驚かせた。ここから18人もの人々の手を煩わせ、運ばれたそうである。

木造釈迦如来坐像（重要文化財）

本堂に安置され、平安時代後期の穏やかな作風を持つ仏師定朝《じょうちょう》の作と伝えられる。住職は取材当時中学校の現職校長で、忙しい校務の間をぬって、里坊から登られる。「ここへ来ると何かほっとする。こんな山の中になんで建てたんやろうと思うけど、何かがあるんでしょうね」。「下乗」の板碑のことを問うと、「正子の訪れた40年ほど前にはあったが、20年ほど前に灯籠なんかと一緒に心ない人に持ち去られた」とか。鵜川《うかわ》の四十八体石仏も含め持ち去った人たちにはきっと罰《ばち》があたったにちがいないと思いたい。現在は、十三参り・合格祈願・必勝など「金勝」の「勝」にちなんでお願いに来られる方も多いと聞く。

木造釈迦如来坐像（重要文化財）

金勝寺

こんしょうじ

栗東市荒張 1394
TEL 077-558-2996
開 9時～ 17時（12月～ 3月は 16時 30分まで）
¥ 500円
電車で／ JR 草津駅からタクシー 30分
車で／名神栗東 IC から 25分　P 有

狛坂磨崖仏への道

西側は、見渡すかぎりの深い山や谷で、近江にもこんな秘境があったのかと驚く。尾根づたいに草深い山道が通っているので、住職にうかがってみると、それが狛坂廃寺への道であった。が、崖くずれがあったり、道が途絶えたりして、とても歩けるような所ではない、また別な機会に、麓から迂回した方がいいといわれる。みすみす目の前に見ていながら、いかにも残念な気がしたが、いわれることはもっともなので、その日はあきらめて帰ることにした。

正子は案内された金胎寺の住職に説得されて帰ったが、現在は簡単に行ける。金勝寺林道を更に２㎞ほど、北西側に進むと、馬頭《ばとう》観音堂近くに駐車場があり、トイレも完備され、近江平野の見晴らしは絶景である。そこからは歩いて山道に入る。入口の案内板に「金勝寺—（2.6㎞）—竜王山—（1.6㎞）—茶沸観音—（0.5㎞）—白石峰—（２㎞）—狛坂磨崖仏」とあり、小一時間ほどで磨崖仏へ着く。

金勝寺八大龍王社

山道に入って10分ほど歩くと、前に述べた大野神社の天之水分社《あめのみくまり》と、その右手に金勝寺の八大龍王社が並んでいる。どちらも水を欲した民が祈りを込めた場所である。大野神社の祭り（5月5日）の前3日にここで、神事が行われるそうである。

竜王山

天之水分社と八大龍王社の左手に、「竜王山６０４・７」と、地元の高校の地歴部が記した木の碑があった。昔は木がうっそうと繁っていて、下界は見下ろせなかったそうだが、今は伐採されていて、三上山が見える絶景ポイントとなっている。更に行くと茶沸《ちゃわかし》観音・白石峰の分岐・重ね岩へと続く。

茶沸観音

竜王山を通り過ぎ15分ほど行くとコース横の岩に高さ約１５０㎝のアーチ状の仏龕《ぶつがん》（仏像などを安置する厨《ず》子《し》）の中に茶沸観音立像が彫られている。「広報りっとう」２０４号によると、「金勝寺から狛坂へかけて山岳仏教信仰者の通路における道しるべ的性格をもつものであったと思われ、巨大な岩にきざまれた像高わず

金勝寺八大龍王社

か三十センチの石仏でありますが、その風化の中に何とも言えない古拙《こせつ》の微笑が人々を時には憩わせ、無言の救いを与えてきたことと思われます。この石仏の制作年代は、おそらく狛坂磨崖仏とそうへだたりのない、弘仁、貞観（八《ママ》世紀末）期のものであろうと推定されます」とある。見ているとほのぼのした感じが伝わってくる。幾多の人々がこの仏様でなぐさめられたことであろう。

白石峰の分岐

更に2分ほど行くと白石峰の分岐へ出る。そこには、標識があり、方向と距離、時間がだいたいわかるようになっている。分岐を右手に行くと、耳岩・天狗岩・オランダ堰堤《えんてい》と大津の桐生にも続く。まっすぐ行くと1350m、25分で狛坂磨崖仏に行けるとある。分岐から500mほど行くと、重ね岩に着く。

白石峰分岐の標識

茶沸観音

重ね岩

人間の背よりもはるか高く、二つの岩が重なっている。仏が彫られているが、風化が激しく形はよくわからない。前の茶沸観音と同じく、元々ここにあった岩に彫られたものらしいが、下から見上げると、今にも落ちてきそうな不安を覚える。

国見岩

入口にあった標識によると重ね岩から500mで国見岩とあるが、ほかの所の標識は整備されているのに、国見岩という標識は何度行ってもわからなかった。ただ、馬頭観音堂近くの駐車場から入ったところすぐにあるコールポイントについての標識に、「この登山道には携帯電話通話可能地点に標識（コールポイント）を設置しています。道に迷ったときや、救助が必要なとき、この標識番号を伝えることで場所を特定でき、誘導や救助を迅速にすることができます」とあり、大

重ね岩

下から見上げた重ね岩

津市東消防署・湖南広域行政組合消防本部・滋賀森林管理署の電話番号が記されている。そして、設置箇所位置図に、国見岩のすぐ横にコールポイント狛坂線ＫＳ－２と書かれていたので、ここがそうであろうと思われる。正子が行ってはあぶないから駄目だと止められたころからすると、隔世の感がある。新名神高速道路を真下に見下ろす見晴らしのよいところである。

ここから、左手にずっと下りが続く。10分ほど下ると樹林がうっそうとしてきたら、しばらくして広い場所に出て、狛坂廃寺に着く。大津の田上キャンプ場から上り1時間余りでここへ来られた夫婦と一緒になった。そのルートは後日正子が登った道である。

KS-2 からの新名神展望

KS-2 からの三上山展望

コールポイント狛坂線 KS-2

大津からの道を次のように記している。

うらうら春日の照る中を、車で大津から信楽街道を南下し、平野という所から桐生へ出る。ここから山へ入って行くのだが、林道なので、道が悪く、時々小川の中を渡ったりする。が、案ずるより生むはやすしで、ほどなく頂上付近につき、左手の藪の中に「狛坂廃寺」という立札を見つけた時はうれしかった。

磨崖仏は、それから二十分ほど登った所にあるが、ほとんど道らしい道もなく、水の中を渡ったり、笹藪をわけたりで、若いお嬢さんについて行くのは骨が折れる。だが、金勝山を、いわば裏側から眺めるこのあたりの景色はすばらしい。

狛坂磨崖仏（国指定史跡）

この「骨が折れる」思いで、たどりついた磨崖仏については次のように述べている。

磨崖仏は、聞きしに優る傑作であった。見あげるほど大きく、美しい味の花崗岩に、三尊仏が彫ってあり、小さな仏像の群れがそれをとりまいている。奈良時代か、平安初期か知らないが、こんなに迫力のある石仏は見たことがない。それに環境がいい。人里離れたしじまの中に、山全体を台座とし、その上にどっしり居坐った感じである。

磨崖仏の説明の看板には「たて約六メートル、よこ約四・五メートルの花崗岩の磨崖面に三尊像を刻み出す。（中略）奈良時代後期、造像は渡来系工人によるものと考えられる」とある。山道を５㎞ほど歩いて、仏様を見上げた時の気持ちは「聞きしに勝る傑作」と、言い得て妙である。１３００年ほど前から、この地におられる石仏を見上げていると、自分の存在などは本当にちっぽけなものであることを実感される。「広報りっとう」２０５号に「一般にはほとんど知られず、大正末期『栗太郡誌』編纂の際に現地調査と写真が撮られたのが、おそらく一般の眼にふれる最初であったであろう」とあるが、国が史跡に指定したのは昭和29年6月である。この石仏は我が国でも、第一級のものとされ、美術的にも、学術的にも重要な価値があると

狛坂磨崖仏左下の仏

狛坂磨崖仏

のことだ。私も何度か人を案内したが、皆、石仏の前に来ると、言葉もなくなり、胸に迫る何かがある。

最近私は、人はいろんなものをそぎ落として本来の自分の姿に戻るため生きているのではないかと考えるようになってきた。けれど、人は欲や嫉妬などに縛られ、なかなかシンプルには生きられない。ほんものの人・音楽・絵画・本などに出逢うと、あなたはどうなのと問いかけられ、自分が身に着けている余計なものを脱がざるをえなくなる気がする。「ほんものと出逢う」ということは、まさしくこのことをいうのだと思う。そして、狛坂磨崖仏はそんな気持ちにさせてくれる。

「広報りっとう」291号には次のように記載されている。「この磨崖仏は、現在まで平安前期、弘仁（八一〇〜八二〇）時代の作と言われていたのにもかかわらず、その技法、構図、仏像の容貌などから、おそらく白鳳期（六七二〜六八六）までさかのぼり得る石仏で、しかも、新羅（現在の韓国）系の渡来仏ではなかろうかとの学説が仏教美術史家などの中でさかんに述べられています。特に、韓国、慶尚北道東南の慶州市、南山里の渓谷に広がる石仏群が、その彫刻技法や、像容の上からも、狛坂磨崖仏の源流につながる」と、旧栗東町の文化財探訪の会が訪韓された記録が載っていた。

こんな時代からの深いつながりがあり、また、多くの人が興味を持って訪韓しルーツをさぐりたいと思わせるものを狛坂磨崖仏は持っている。

山道を歩くのは…と言われる方には、栗東歴史民俗博物館入口正面の庭にレプリカがある。当地で見るのとは違うかもしれないが、概要はわかる。

この章の最後に正子は次のように述べている。

ほんとうに近江は広い。底知れぬ秘密にうもれている。それは良弁像の、あのおおらかでいて、深く思いに沈んだ表情に似なくもない。大陸と日本が出会う接点として、また奈良や京都の舞台裏として、近江は私にとって、つきせぬ興味の宝庫である。

近江は「底知れぬ秘密」「つきせぬ興味の宝庫」と正子に言わしめている。栗東は私の夫の故郷でもあり、かつての私の勤め先でもある。その地に、このような歴史の宝庫があったことを誇りに思っている。また、一人でも多くのかたに「宝庫」を訪れてもらいたい。

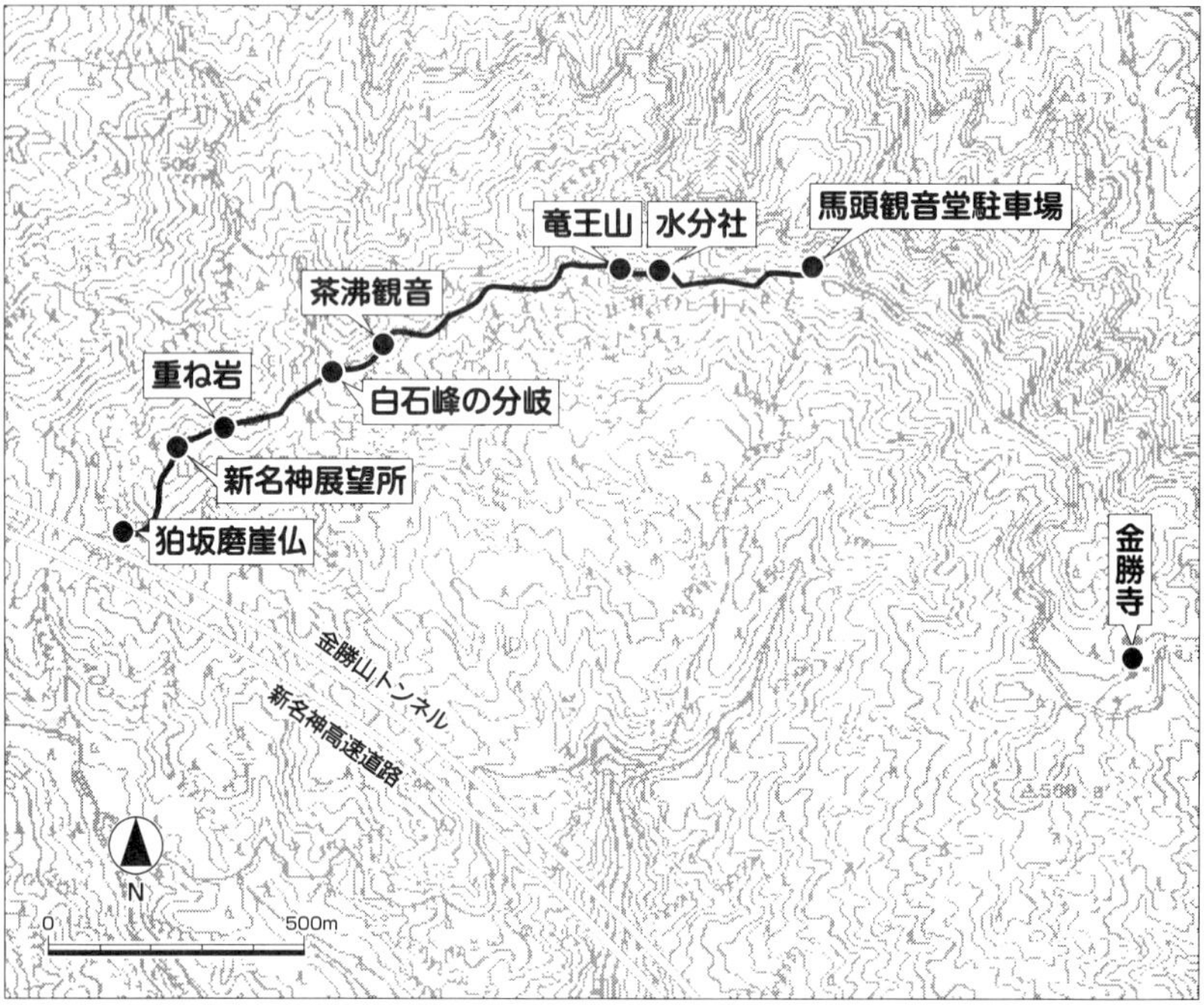

馬頭観音堂駐車場から狛坂磨崖仏への道

木地師の村

蛭谷

木地師《きじ》とは「16枚の菊の紋章」の使用が許され、各地の山を巡って斧で木を切り、轆《ろく》轤《ろ》を回して椀や盆、木鉢、杓子などを作ることを認められていた人たちのことをいい、永源寺町（東近江市）が、発祥の地とされる。正子は次のように書いている。

　私はふだん使いに「朽木《くつき》盆」とか「朽木椀」とよばれる食器を用いている。（中略）近江の朽木谷には古くから、木工を専門とする集団がいて、このような食器を大量に生産していた。

　彼らは、木地師、木地屋、ろくろ師、こま屋などとよばれ、良材を求めて諸国を旅する流浪の民であった。（中略）彼らの本拠は近江の愛知《えち》郡小椋谷《おぐらだに》にあり、朽木の木地師もいつの時代にか、そこから分れた人たちなのである。（中略）

このあたりの木地師の集落を「六ケ畑」という。君ケ畑、蛭谷、箕川、政所、黄和田、九居瀬の六ヵ村で、その中君ケ畑と蛭谷が、木地師の伝承を色濃く止めている。

伝承によれば、平安時代のはじめ、９世紀中頃、文徳《もんとく》天皇の第一皇子惟喬《これたか》親王は皇位継承の争いに敗れ、愛知《えち》川をさかのぼって小椋谷に移り住んだ。隠れ住んでおられる間に法華経の巻物の紐を引くと、回転することに着想し、「手引き轆轤」を編み出し、その技術を伝授されたと伝えられている。惟喬親王を祖神とあがめ、その随身《ずいじん》の末裔であることを固く信じることで、時の天皇家、朱雀《すざく》天皇や正親町《おおぎまち》天皇の詔《みことのり》をはじめ、菊の紋書に守られて、通行の自由や諸役免除といった木地師の特権を与えられてきた。

その後、近在の木を伐り尽くし全国に散らばって行った。よって木地師の祖先はすべて蛭谷《ひるたに》または君《きみ》ヶ畑《はた》の出身であるとしている。蛭谷では「筒井公文《くもん》所」、君ヶ畑では「高松御所」という支配所を結成し、近世に全国的な木地師統轄を行ったことで知られる。全国に木地師の出た土地は他にもあるが、轆轤木地師の発祥の地は「小椋谷」といわれている。

「小椋谷」は、東近江市の鈴鹿山脈ふもとに位置する。永源寺ダムを左手に見ながら国道４２１号線（八風《はっぷう》街道）を東へ。愛知川と支流の御池川が合流するところが政所《まんどころ》町。御池川沿いの県道を奥へ進むと、箕川《みのがわ》町、蛭谷町があり、最も奥の君ヶ畑へと続く。政所町からは約８㎞、この４集落を通称「小椋谷」という。まず、蛭谷にある筒井神社を訪ねた。

筒井神社（筒井公文所）

筒井神社は、君ヶ畑にある大皇器地祖《おおきみきじそ》神社とともに惟喬親王を祖神として祀る神社で、かつては「筒井公文所」という名のもとに全国各地の木地師たちを支配し、木札の印鑑や往来手形などを発行して木地師の身分を保証してきた。

平安初期から造られはじめた轆轤製品が都に知れ渡ると、非常に優雅で使い易く、また、何事によらず派手を好む平安朝人たちの好みにあって、ますます轆轤挽物が盛んとなり、平安後期には一般大衆から木地器の需要が爆発的に増加した。このため、全国から多くの工人が集まった。千軒も家があったという跡の一つが筒井千軒である。

当時、木地師は深い山中に住み、その上移動するの

筒井神社に奉納されている組合員一覧

筒井神社

で、里の村方人別《むらかたにんべつ》に入らず本貫地（本籍地）近江の出身としていた。役人の人別改めやキリシタン宗門改めに対処するため、永源寺蛭谷の筒井公文所と君ヶ畑の高松御所は、通行の自由や諸役免除といった木地師の特権を保護するため、御墨付きと称する御綸旨《ごりんし》や免許状の写しなどを発行するなど、木地師が知らぬ土地で支障のないよう稼ぎができるように手助けをし、木地師の繁栄にもつくした。江戸時代には、全国最大の木地師支配組織が確立した。大正時代でも、蛭谷の伝統技術を伝える木地師は、千人以上はいたという記録もある。現在も筒井神社に奉納されている組合員一覧がある。

木地師資料館

筒井神社への石段を登り、神社裏に回ると2階建ての木地師資料館がある。平成18年2月にNHK教育の番組放送で元首相の細川護熙《もりひろ》さんが訪問された。木地師資料館の小椋正美さんについて、「小椋さんは20年近く前、正子さんが彼の地を訪れた際、案内されたという方です。もっとも小椋さん自身はその女性が白洲正子さんだとは知らなかったそうで、後で聞いてびっくりしましたとおっしゃっていました」と番組の

木地師の作品群

中で語っておられた。小椋さんは、筒井千軒址から段々になった屋敷跡など案内されたそうだ。

今回はご高齢の小椋さんに代わって、奥様に資料館と墓所・筒井千軒址を案内していただいた。昭和56年に開館した資料館には、全国の木地師を訪ね歩いて身元を確認し、さまざまな名目で金銭を徴収した記録「氏子駈帳《かけちょう》」をはじめ、綸旨・免許状などの木地師文書や轆轤に使われる道具類などを展示している。御用札（荷物護送に使用した札）を用いることで、関所などの通行にも便宜が図られたそうだ。また、日本中の木地師やその子孫が今でもここをふる里とし、「奉納」したこけしやお盆など、轆轤を使った木工品が展示されている。前述の筒井神社の組合員一覧とともに、現在に息づく木地師の里を心強く感じることができた。それは、次の祭りからもうかがい知ることができる。資料館内の写真は小椋さんからお借りした。

手挽き轆轤

御用札（荷物護送に使用した札）

惟喬親王祭

蛭谷から少し上に行くと道が二手に分かれる。右にとると君ヶ畑に続く。左にとってしばらくいくと、惟喬親王の石像と墓所と筒井千軒址がある。千軒も家があったとされるこの広い空間で、海の日に惟喬親王祭がある。親王に対する憧れと、木地師の文化や栄光を残したいという想いから、十余年前から、地元の人達が中心になって祭りをされている。全国の木地師とその子孫たち、一般の方も含め10周年にあたる平成15年には５０００人余りも参加されたということである。

精密工業のルーツ

「日本木地師学会」のホームページによると「木地師の仕事は日本における精密工業、ハイテク産業のルーツであります。明治時代日本が産業革命をいち早く導入、達成できたのは、日本にも精密工業のルーツがあったからです」とある。明治維新からの日本の産業

惟喬親王像

筒井千軒址（轆轤発祥の地）

の歩みにとって、基盤となる産業の村が近江の鈴鹿山麓に存在するという事実を知り、誇らしい気持ちになるのは私だけではあるまい。

筒井神社・木地師資料館

つついじんじゃ・きじししりょうかん

東近江市蛭谷町 176
TEL 資料館 0748-29-0430（要予約）
開 10時～16時
休 不定
¥ 300円
電車で／近江鉄道八日市駅からバス永源寺車庫で乗換、蛭谷下車すぐ
車で／名神八日市 IC から 30分　P 無

君ヶ畑

蛭谷《ひるたに》の奥の君《きみ》ヶ畑《はた》に足を進めた。木地師《きじ》の祖先はすべて蛭谷または君ヶ畑の出身であり、蛭谷では「筒井公文所《くもん》」が、君ヶ畑では「高松御所」が支配所を結成し、近世に全国的な木地師統轄を行ったと述べた。君ヶ畑では惟喬《これたか》親王ゆかりの神社と伝統行事「ゴクモリ」を紹介したい。

蛭谷から先は、いよいよ道がせまくなり、目がくらむような深い谷底を、渓流が流れて行く。永源寺からも、鈴鹿山脈からも、一番遠く奥まった秘境で、小椋谷は、小暗谷だったかも知れない。一時間近くかかって、君ケ畑につき、ほっとする。

(中略)

六ケ畑の中では、一番奥の君ケ畑が、地形的にも文化的にも、もっとも展《ひら》けていたように見える。(中略)左手の茶畑の向うに、神さびた森が見え、大皇大明神の社が建っており、入口にある「日本国中木地屋之御氏神」の石標は、彼らの根づよい信仰をそのまま現しているようだ。この社の杉は見事なもので、千年以上を経た大木が亭々とそびえる景色は、木地師の神の名にそむかないものがある。

その神社に隣りあって、金竜寺というお寺がある。村の言伝えでは、ここが親王の「高松の御所」の跡で、小高い岡の上に円墳があり、皇子の墓と称する石塔が立っている。

蛭谷から少し登ると、分岐がある。左手に進むと前述した惟喬親王の石像と墓所と筒井千軒址に続く。右手に進路をとると君ヶ畑に向かう。君ヶ畑は「小松村畑」と呼ばれていたが、文徳天皇第一皇子で皇位継承の争いに敗れた惟喬親王が小椋谷に隠れ住み、この地で没したことに由来して「君ヶ畑」と改められた。集落としては蛭谷より大きい。

神社前からの君ヶ畑風景

金龍寺（高松御所）

バス停から少し戻り右手に道をとると、金龍寺（高松御所）がある。入口に「惟喬親王幽棲の跡　木地師発祥の地」の案内板がある。金龍寺は親王が創建され、住まわれたので、高松宮とか高松御所と呼ばれている。寺の左、階段を上ったところに菊の御紋章が石に刻まれた親王の墓所がある。

大皇器地祖神社

更にその左奥に神社へと続く坂道があり、正子のいう「千年の杉」が迎えてくれた。いつもながら神社の森は心を落ち着けてくれる。緑陰がしみじみと身体にしみとおり、現代風に言うとマイナスイオンの癒し効果があるというのであろうか。先年、氏子の総意で、杉が一本切り出され、その収入が神社改修等の費用になったそうである。「千年の杉」は神社そのものの存在も担っているのである。神社は親王没後、西暦880年に神殿の造営をし、親王を祭神とした。このときは「大皇大明神」の社号であったが、明治になり現在の大皇《おおきみ》器《き》地《じ》祖《そ》神社に改められた。

古くからの神社の祭りや行事は今なお伝承されている。

金龍寺（高松御所）

惟喬親王墓所

ゴクモリ

年末年始の祭り、またゴクモリ（御供盛りか）といって、むした米を輪にして添える行事など、今でも厳格なしきたりのもとに行われている。特に正月三日のゴクモリは「若連中」の式典で、村の若者たちが精進潔斎して、素襖《すおう》姿に身を正し、まったく無言のうちに行うという。

伝承行事を書きとどめておきたいと思ったので、平成19年1月3日にゴクモリの行事を取材させていただいた。女人禁制であったが、特別に入れていただき、古老がそばで解説をしてくださった。

ゴクモリとは毎年1月3日に神社の社務所で20歳から30歳の男子11名が神殿のお供えを作成する行事。昔は20歳までの男子は神殿の前で火を焚くことになっていたが、現在は行われていない。以前は君ヶ畑には50軒ほどの民家があったが、取材当時住んでおられたのは22軒で、60歳以上の方ばかりだそうである。男子11名がそろわず、平成18年は4名であった。それも外に出ていて、この行事にだけに戻ってきてくれたということである。更に、君ヶ畑の神主は交代制で君ヶ畑に籍をおいているが、町外に出ておられる家も順番で担当し、行事の度に休暇を取って戻ってこられる。君ヶ畑出身の方々のこう

ゴクモリ風景

した努力のおかげで、伝統行事が伝承されてきた。そして、平成19年も4名で実施されたが、20年からは若い人と限らず、総出《そうで》で行うことになったそうだ。それでも、「やめよう」という声はなかったのは伝統行事を守っていこうという総意であったのは喜ばしい限りである。

社務所の正面に床の間を背にして、向かって左から、黄和田の本職の神主、交代制の君ヶ畑の神主、区長が坐る。床の間にまな板にのせた「鮒《ふな》寿司」が3匹置かれている。来年度神主と決まった家は前年度から漬け込んで、行事に備えるそうだ。左右に向かい合って、素襖と呼ばれる装束をつけた11名が坐る。若者は4名だけしかそろわなかったので、実際に調理をするときは大人たちが手伝った。昔は前に坐った神主等3名が後見役として作法に非常に厳しかったけれど、昨今は外部から帰ってもらっているので、やってもらえるだけでありがたいと言われる。行事は正子の書いたとおり無言のうちに荘厳に進行された。所作は以下の通りである。

- 若い衆の一番年下が杯を運び、入れ物に入った御神酒をつぐ
- 最初と最後に御神酒を飲んで清める
- 以下4ヶ所で作業を行う
- 世話役が床の間にある鮒寿司を若い衆の一番年上の前に置き、包丁と金ばしだけで切り身を作成する。真ん中の三切れをさらに三切れに切る。昔はこのお下がりは参拝者の中の年長者5人にのみあたったそうだ
- 大根・ごぼう・こんぶが乗った「上《かみ》まな」と呼ばれるまな板を台所から運び、大根は真ん中のいいところを短冊に切り、他2種も細かく切る
- するめ・かます・かつおぶしが乗った「下《しも》まな」を台所から運び、細かくする
- 一人分ずつ配布しやすくするため、用意しておいた経木《へぎ》に鮒寿司以外の大根やごぼうなどを入れる

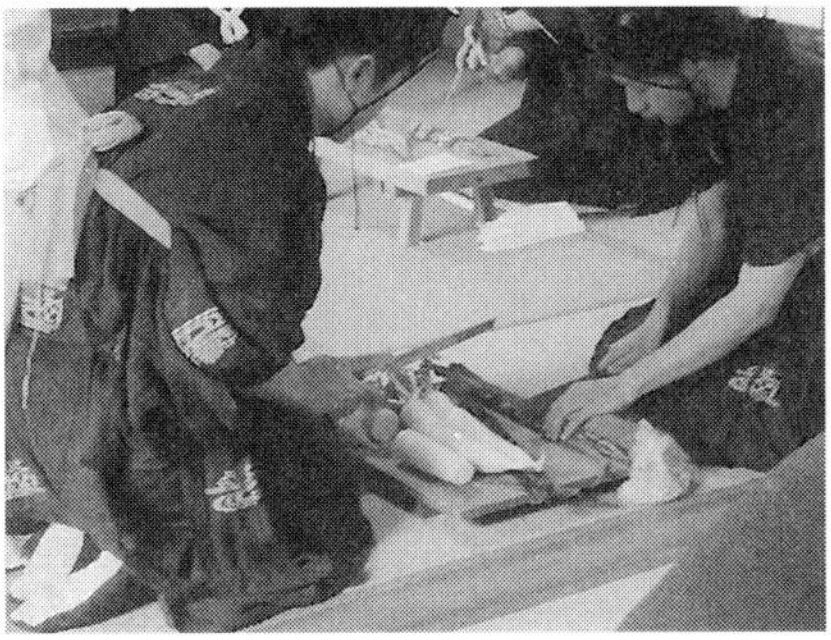
上まな

鮒寿司

・事前に蒸した米を筵《むしろ》でころがして、まとまりやすくしたものが入った桶を運ぶ。直径20㎝ぐらい、高さ25㎝ぐらいの器に入れ込み、ひっくり返して、型からはずし、わらで、下から順に5本ぐるりと結ぶ。それを5個と餃子風に握ったおにぎりを5個作る

・それらを盆にのせ、後の御神酒と一緒に携わった人に配膳する。鮒寿司は切り身を乗せたまま、床の間へ仮置きする。また、それ以外は一番台所に近い間の上の棚に仮置きしておく。御神酒と盆に載った作製物をいただき（本当は食べていなかった）ミカンと干し柿を配られたら、神殿に持って行くまで休憩する

・字《あざ》の役員は鈴《りん》をふり、町内に触れ回り、神殿にお参りするようにうながす

・神社にお供えした後、氏子がお下がりとして、作製したものをいただく

作成した蒸した米

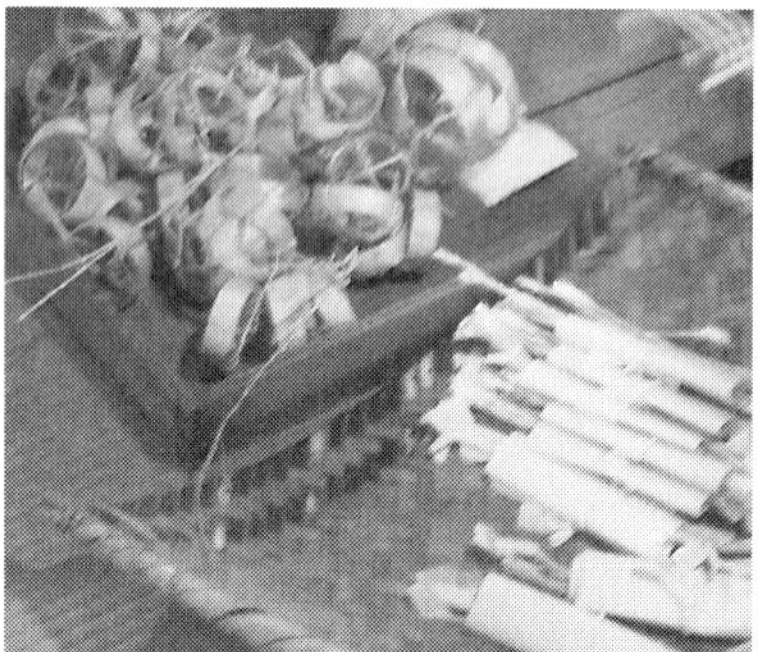

経木

１１００年余り続いている神社での伝統行事が、現在もなお受け継がれていることの重みを感じ、どうかこの先も途絶えませんようにという祈りに似た気持ちで君ヶ畑を後にした。

金龍寺
きんりゅうじ

東近江市君ヶ畑町 809
TEL 0748-29-0633
電車で／近江鉄道八日市駅からバス永源寺車庫で乗換、君ヶ畑下車徒歩５分
車で／名神八日市 IC から 60 分　P無

大皇器地祖神社
おおきみきじそじんじゃ

東近江市君ヶ畑町 977
TEL 0748-48-2100（東近江市観光協会）
電車で／近江鉄道八日市駅からバス永源寺車庫で乗換、君ヶ畑下車徒歩５分
車で／名神八日市 IC から 60 分　P無

湖北　菅浦

向源寺観音堂

正子は「湖北　菅浦」の章で、湖北を訪ねている。

湖北とはいうまでもなく、琵琶湖の北を指すが、さてどこから先を「湖北」と呼ぶのか、はっきりしたことを私は知らない。が、西は比良山をはずれて安曇川を渡る頃から、東は長浜をすぎて竹生島が見えかくれするあたりから、琵琶湖の景色はたしかに変って来る。（中略）

長浜をすぎると、急に静かになり、車で十五分ぐらい行った所に、高月という駅がある。そこから東へ少し入った村の中に、貞観時代の十一面観音で有名な渡岸寺があって、土地の人々はドウガンジ、もしくはドガンジと呼んでいる。この観音については、今までにもたびたび紹介され、私も書いたことがあるが、近江で一番美しい仏像が、こんなささやかな寺にかくれているのは、湖北の性格を示すものとし

新収蔵庫

向源寺観音堂

て興味がある。

高月《たかつき》駅から東に歩いて5分ほど行くと、向源《こうげん》寺観音堂がある。大字渡岸寺《どうがんじ》にあるので、地名をとって、通称渡岸寺観音堂ともいわれている。寺の説明書によると「聖武天皇の天平八年(今から1250年前)当時都に疱瘡が大流行し死者が相次いだので、天皇は除災の祈祷を僧泰澄に勅せられました。泰澄は勅を奉じ祈願をこめて十一面観世音を彫み、一宇を建立して、息災延命、万民豊楽の祈祷をこらしてその憂いを絶ったと伝えられます」とある。以来、病い除けの観音として、信仰されている。天台宗との関係が深くなったが、元亀元年(1570)の織田信長と浅井《あざい》氏との戦いで、堂宇ともども古い記録一切が焼失、散逸した。住職巧円はじめ土地の住民たちは、やむなく土中に埋蔵し十一面観音は難をのがれたといわれている。その後、巧円は真宗に転宗し、向源寺を建て、諸仏は秘仏として守られてきたという。

十一面観音は、明治30年に特別国宝に指定され、大正14年に観音堂が再建された。昭和49年に旧収蔵庫が完成し、更に平成18年11月から新収蔵庫に遷仏されている。

木造十一面観音立像（国宝）

正子の『近江山河抄』の「伊吹の荒ぶる神」に次のような記述がある。

近江に十一面観音が多いことは、鈴鹿を歩いた時にも気がついたが、特に伊吹山から湖北にかけては、名作がたくさん残っている。中でも渡岸寺の十一面観音は貞観時代のひときわ優れた檀像で、それについては多くの方々が書いていられる。こういう観音に共通しているのは、村の人々によって丁重に祀られていることで、彼らの努力によって、最近渡岸寺には収蔵庫も出来た。が、私がはじめて行った時は、ささやかなお堂の中に安置されており、索漠とした湖北の風景の中で、思いもかけず美しい観音に接した時は、ほんとうに仏にまみえるという心地がした。ことに美しいと思ったのはその後ろ姿で、流れるような衣文のひだをなびかせつつ、わずかに腰をひねって歩み出そうとする動きには、何ともいえぬ魅力がある。

井上靖の『星と祭』を読んで、私が20歳過ぎに初めて十一面観音に出会った時は観音

木造十一面観音立像背面（国宝、滋賀県教育委員会提供）

木造十一面観音立像（国宝、滋賀県教育委員会提供）

堂におられた。地域の方が説明してくださり、実に大切にお守りしておられることは、観音様のお姿とともに、強烈な印象であった。その後、たくさんの十一面観音にお目にかかったが、今このような原稿を書いている源はこの観音様にお目にかかったからではないかと思っている。私は旧収蔵庫の時も、新収蔵庫になってからも幾度となく拝顔したが、その都度あらたな思いを抱く。

井上靖は観音について主人公に次のように語らせて

いる。

確かに秀麗であり、卓抜であり、森厳であった。腰を僅かに捻っているところ、胸部の肉付きのゆたかなところなどは官能的でさえあるが、仏さまのことであるから性はないのであろう。左手は宝瓶《ほうびょう》を持ち、右手は自然に下に垂れて、掌をこちらに開いている。指と指とが少しずつ間隔を見せているのも美しい。その垂れている右手はひどく長いが、少しも不自然には見えない。両腕それぞれに天衣《てんい》が軽やかにかかっている。

地域の人々に守られてきた観音

門徒の方々を中心にお守りしておられたが、南富永村（旧高月町、現長浜市）で国宝維持保存協賛会を立ち上げ、取材当時は、高月町全体で、人数の多い地区は1名、少ないところは数地区で1名と計20名の方が会員になり、受付や説明係等保存業務をなさっているということであった。信長の焼き討ちの時には、村人たち総出で土中に埋めて守り、現在も地域の人々の奉仕によって守られているのである。「観音様をお守りするという喜びでボランティアさせてもらっている」と受付の方は言われる。

次に訪問した資料館の方も「湖北の人々は仏さまを守る御縁にあわせていただいたこ

とを感謝している」と言っておられたが、まさに「御縁」と「感謝」の気持ちなくして、湖北の観音信仰は成り立たないのである。

「湖国と文化」121号（平成19年秋）では、副知事（当時）の澤田史朗さんが、「去年（註：平成18年）の秋、東京の国立博物館で仏像展が行われました。そこで高月町向源寺の十一面観音像が初めて県外に出たのです。私も見に行ったのですが、十一面観音像をはじめ、他にも滋賀県の有名な仏像が数体、展示されていました。そのコーナーには、ものすごい人だかりができているのですね。副館長さんともお話ししたのですが、『とにかくすごいです。地元の方に無理を言ってお借りして本当によかった。来場者も多く、みなさん本当に感心して帰られる。感謝しています』と言われました。あの時は本当に滋賀県民であることを誇りに思いましたね。他と比較してはじめてその物の持っている真価がわかる、光る。東京の仏像展で、あらためてそれを実感しましたね」と編集者に語っておられた。20歳の頃から大好きだった観音さまが広く紹介され、少し鼻が高くなったと感じるのは私だけではないようだ。

木造神像（高月観音の里歴史民俗資料館提供）

高月観音の里歴史民俗資料館

隣の高月観音の里歴史民俗資料館に立ち寄った。実に親切に対応していただけて、ありがたかった。ここでは、1階の展示室では「観音とは～」として、仏教思想および美術に親しむ手がかりがある。ここには、正子が愛した4体の神像（滋賀県指定文化財）が展示されている。2階は「観音の里たかつき」とし、歴史民俗をとおして高月のあゆみや宗教的特質などを紹介。2階特別展示室には郷土の先覚者として、江戸時代の儒学者で、対馬藩に仕え日朝外交に貢献した「雨森芳州《あめのもりほうしゅう》」の展示がある。

次の世代への継承

また、高月町の四つの小学校で、これらの展示がただの展示で終わることのない「次の世代への継承」を目指しておられることを聞いた。観音さまの学習をし、発表をしている。資料館においてあった子どもたちの作品を見せていただいたが、観音様の実物大のお姿を模造紙に書き、それぞれにくわしい説明をつけている。その綿密さと熱意はすごいものがある。

小学校での授業風景（高月観音の里歴史民俗資料館提供）

観音検定

更に、高月町の活性化を目的とする「NPO法人　花と観音の里」が平成18年に立ち上げられ、その活動の一つとして観音検定（観音についての学習等）をされたりしている。大人用だけでなく、小学校用や中学校用まであり、展示物をしっかり見なければ答ができない。興味を持って学習できるように工夫されている。このような地元の方々の熱意によって観音の里が支えられている姿を見て、心温かな気持ちで帰途についた。

向源寺観音堂

こうげんじかんのんどう

長浜市高月町渡岸寺 215
TEL 0749-85-2632
開 9時～ 16時
¥ 仏像拝観 300円
電車で／ JR 高月駅から徒歩 5分
車で／北陸道木之本 IC から 10分　P 有

高月観音の里歴史民俗資料館

たかつきかんのんのさとれきしみんぞくしりょうかん

長浜市高月町渡岸寺 229
TEL 0749-85-2273
開 9時～ 17時
休 月・火曜・祝の翌日・年末年始
¥ 300円
電車で／ JR 高月駅から徒歩 5分
車で／北陸道木之本 IC から 10分　P 有

近江孤篷庵

向源《こうげん》寺観音堂の東南に位置する小谷《おだに》城址は、天正元年（1573）に浅井《あざい》氏が織田信長に滅ぼされたところである。その近くに、近江孤篷《こほう》庵がある。「石をたずねて」の章で朽木《くつき》の興聖《こうしょう》寺とともに名園にあげられて次のような記述がある。

> 有名な大徳寺孤蓬《ママ》庵の前身も、近江にある。同じく孤蓬《ママ》庵と呼ばれるが、これは小堀遠州の法号で、遠州は長浜の近く、小堀村の出身であった。池泉と、枯山水の庭が、矩形になってつづいており、彼が故郷の地にあって、造園に工夫をこらした頃の面影が偲ばれる。

「湖北　管浦」の章では次のように記している。

> 小谷の裏側には、小堀遠州が晩年を送った寺がある。大徳寺孤蓬《ママ》庵の前身ともいい、伊吹連山を借景にした石庭は、大徳寺以上に環境がいい。（中略）この庭は父遠州の菩提を弔うため、小堀政之が慶長元年に造ったものであるという。

池泉回遊庭園

枯山水庭園

　駐車場から歩いて2、3分で入口に着く。竹林の参道を行くと、徐々に静かな空気に包まれる。茶人としてはもちろん、城造りや作庭の第一人者として活躍した小堀遠州《こぼりえんしゅう》（1579～1647）の菩提を弔う寺として承応2年（1653）に建立された。遠州が京都大徳寺に建立した孤篷庵に対し、近江孤篷庵と呼ばれている。江戸後期、天明8年（1788）、小堀家の改易により、寺も無檀家無禄になり、衰退の一途をたどった。

　明治維新後、無住のまま荒廃していたが、昭和13年現在の住職の父定泰《じょうたい》和尚が住職となって寺院再興をはかり、徐々に整備された。しかし昭和34年の伊勢湾台風により、全面倒壊をし、礎石を残すのみとなった。篤信《とくしん》の方々の浄財を集めて、昭和40年本堂が再建され、庭も同時に補修整備され、県の名勝に指定されている。本堂南西面には五老峰《ごろうほう》、海、舟石等を模した簡素な石組みの枯山水《かれさんすい》庭園がある。左手の方が築山《つきやま》になっていて、借景の山の稜線と平行するようにして、右手の方に向かって下がっている。下がりきったところが太陽の沈む位置になっていて、午後右手前から日が射すと、秋の紅葉時には錦織りなす美しい光景となり、西方浄土を彷彿とさせる。

対照的に北東面は琵琶湖の形の池を中心とした池泉回遊庭園である。池の左手前に大きな常緑樹貝多羅葉《ばいたらよう》がある。手のひら状の葉の裏に先の尖ったもので文字を書くと、その跡が黒く残るので、「葉書き」の元になった樹としても知られている。特に、平成20年にはたくさんの赤い実が付いて見事だったが、何百羽もの小鳥たちが瞬く間に食べ尽くしてしまったそうだ。

ご住職は「父が昭和13年からここを預かり、苦労して復興しました。寺院生活を支える母の苦労も並大抵ではなかったと思います。そのお陰で、現在では、慌ただしい時代にほっとするようなひとときを与えてくれる庭として、多くの方に鑑賞いただいています。いろんな人々にお出会いできるのも楽しみです。掃除三

皆川月華の襖絵

貝多羅葉

味の毎日ですが、楽しみながら、無理をしない、自分を過信しない、誠心誠意対応するという気持ちでいます。最近では小堀遠州の遊び心を生活に活かしながら町おこしをする『小堀遠州四酔会』という（NPO法人による）活動もしてくださっています」と。紅葉の名勝である庭といい、ご住職ご夫妻といい、心温かになる得難い体験をさせてもらった。

本堂の各部屋の襖絵や仏間小襖等を染め芸の皆川月華《みながわげっか》先生が染彩画で描かれている。仏間の前の襖絵は、お亡くなりになるすぐ前に、お弟子さんに両脇を抱えられながら来られ、直接墨で描かれたものである。ここに、どうしてもこれを描きたいと皆川先生が思われた何かがこの寺にある。描かれたすずめのあどけない表情を目にして、つくづくと感じた。

己高閣・世代閣

昔はこの辺から木之本あたりに、湖北の文化と仏教の中心が集結していたようである。木之本の付近には、弥生遺跡や古墳群があり、古いお寺もたくさん残っている。東の方に、いつも雪を頂いている山を己高《こたかみ》と名づけるが、それをめぐって己高七寺という修験道の名刹があった。（中略）己高の頂には、つい近年まで、鶏足寺という大きな寺が、半ば廃寺として遺っていたが、ある晩焼けてしまった。が、仏像は火災の前に下におろしてあったので助かったという。今、その群像は、木之本の東の与志漏神社に、収蔵庫を建てて入っており、天平から藤原へかけての彫刻が、ひしひしと居並ぶ様は壮観である。特に藤原初期の十一面観音は美しい。むろん渡岸寺とは比ぶべくもないが、それとは別な美しさがあり、ほのかに残る彩色と、お顔が強いのが印象的である。そういえば、同じく己高七寺の一つ、石道寺にも似たような観音像があるが、このように十一面観音が湖北に多いのは、白山信仰と深く結びついていたことを示している。

次に、車で木之本に向かい、20分余りで、山岳仏教の聖地古橋《ふるはし》に着いた。木ノ本駅からだとバスで古橋にて下車する。ここ古橋は、石田三成の母の出生地とい

己高閣

世代閣

われる。関ヶ原で敗れた三成が古橋に逃れてきて、岩窟に隠れたその場所を密告して捕らえさせたのが他村からきた養子だったため、村人たちは深く懺悔《ざんげ》して、300年余り後の太平洋戦争が終わるまでよその村からの養子はとらなかったという。後に案内役の方に「最初に来られた養子さんは？」と問うと、「それはどこの誰々や」とすぐに答が出るほどの「いましめ」であったらしい。

道幅の狭い集落で、郷中に與志漏《よしろ》神社がある。その境内にかつて己高山《こだかみやま》に構えていた寺々の寺宝を収めるため、昭和38年に滋賀県で最初に建てられた文化財収蔵庫が、「己高閣《ここう》」である。前項の向源寺観音堂と同じく、「己高閣・世代閣《よしろ》」とも、地元の方が交代で集会所に詰め、訪れる人々の案内役をかっておられる。60歳以上のボランティア20余名が曜日交代制で担当されているということである。拝観料は積み立てられ、仏像等の修繕費に充てられている。案内の方は「全国規模でおいでになるお客さんに見てもらいたい。この村に生まれ育ったのだから、後世にこの仏像をバトンタッチしなくては」と言われ、実に親切に対応していただいた。

木造十一面観音立像（重要文化財）

檜の一本造りで、丈172㎝。平安時代の作といわれる。彩色が剥落していて、宝冠も失っている。里人に守られながらも、あちこちを転々とした歳月の厳しさが推測さ

木造十一面観音立像（重要文化財、滋賀県教育委員会提供）

れる。観音はどっしりした怒り肩で、頼もしく感じる。地元の伝承では、延暦18年（799）、行基を慕って已高山に入山した最澄が、雪に残る鶏の足跡を辿るうち、足跡は池を三回りして消え、池の中から仏頭が浮かんだ。喜んだ最澄は、この仏頭に合わせて自ら刻んだ像を本尊として建立したのが鶏《けい》足《そく》寺という。

日吉大宮（滋賀県指定有形文化財　木造十所権現像10体のうち日吉大宮）

　圧倒されるような群像にまじって、小さな猿の彫刻があるのも見逃したくはない。日吉神社の関係で造られた、一種の神像に違いないが、単純な彫りと木目が美しく、きょとんとした顔つきも愛らしい。立派な仏像も結構だが、田舎を歩くと時々こういうものにお目にかかれるのが楽しみである。

正子が訪れた時には、「猿の彫刻」は「己高閣」に一緒に「ひしひしと居並」んでいたのであろうが、平成元年に開館された隣の「世代閣」（戸岩寺の諸仏を安置する蔵）に安置されている。私が訪問したときは、安土城考古博物館に展示中で写真だけが飾ってあった。後日、博物館に行ったが、学芸員の方のお話によると、平安時代の木造で、後世数多く造立される猿猴像の先駆的作例であり、簡素古雅、無彩色の白木で、清楚であるという20cm余りの神像である。盆と正月のみ「世代閣」に展示される。

鶏足寺（旧飯福《はんぷく》寺）には、２００本にもおよぶ紅葉の古木があり、孤篷庵とともにぜひとも色づく頃に再訪したい。

日吉大宮（滋賀県教育委員会提供）

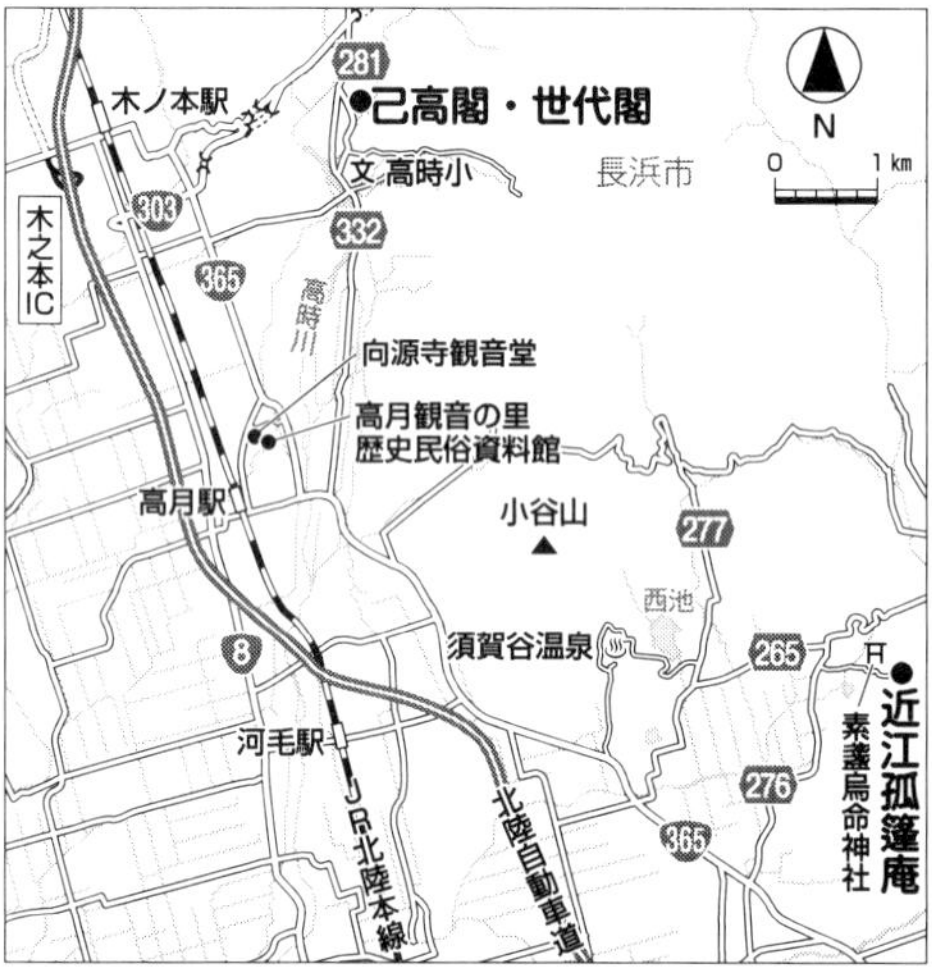

近江孤篷庵

おうみこほうあん

長浜市上野町 135
TEL 0749-74-2116
開 9時～ 17時（冬期は 16時まで）
休 11月 17日（開山忌法要）
¥ 300円
電車で／ JR 長浜駅からタクシー 20分または JR 虎姫駅から 15分
車で／北陸道長浜 IC から 15分　P 有

己高閣・世代閣

ここうかく・よしろかく

長浜市木之本町古橋
TEL 0749-82-2784
開 9時～ 16時
休 月曜
¥ 2館 500円
電車で／ JR 木ノ本駅からバス古橋下車、徒歩 5分
車で／北陸道木之本 IC から 12分　P 有

菅浦

湖北を訪ねる旅でいよいよ表題にある菅浦《すがうら》に辿り着く。

菅浦は、その大浦と塩津の中間にある港で、岬の突端を葛籠尾崎《つづらお》という。絵図で見るとおり、竹生島は目と鼻の間で、街道から遠くはずれる為、湖北の中でもまったく人の行かない秘境である。つい最近まで、外部の人とも付合わない極端に排他的な部落でもあったという。

それには理由があった。菅浦の住人は、淳仁天皇に仕えた人々の子孫と信じており、その誇りと警戒心が、他人をよせつけなかったのである。木地師には惟高親王が、吉野川上村には自天王が、そしてここには淡路の廃帝が、一つの信仰として生きているのはおもしろい。おもしろいといっては失礼に当るが、神を創造することが、日本のかくれ里のパターンであることに私は興味を持つ。

正子は第1章で書名について触れ、別に深い意味はなく、秘境と呼ぶほど人里離れた山奥ではなく、ほんのちょっと街道筋からそれた所に「かくれ里」にふさわしい所があるとしていた。取材を進めていき、第15章にあたる「湖北　菅浦」で、「神を創造することが、日本のかくれ里のパターン」であると気づいている。歩きながら、見つけていった跡がうかがえる。第6章「木地師の村」には惟喬親王《これたか》が、「菅浦」には淳仁天皇《じゅんにん》がいるというのである。天平宝字8年（764）の藤原仲麻呂の乱で道鏡や孝謙上皇に負け、廃位になった淳仁天皇が幽閉の地「菅浦」で怒りのうちに亡くなったという伝説が残っている。

大浦から入りくんだ湖岸の道にそって行くと、三十分余りで菅浦の部落に着く。入口に村の境界の門があり（これは東側にもある）、もうその辺からふつうの村とは趣がちがう。二百軒たらずの寒村ながら、神社を中心にいくつも寺が並び、昔はほとんど村全体が境内だったような印象を受ける。防波堤の石垣なども非常に古いもので、入江に小舟がもやっている風景も、近頃では中々見られぬ情緒がある。

琵琶湖上からの菅浦

自分が近江に生まれ育ちながら、いかに近江を知らなかったかということを『かくれ里』を訪ね歩く旅で痛感した。その中でも今回の「菅浦」に強く心を惹かれた。昭和46年に奥琵琶湖パークウェイが開通し、周辺道路が整備されるまで、里人の交通手段は昔ながらの船が主で、「跣《はだし》でお詣りするのがしきたり」の須賀神社に時雨《しぐれ》の中、正子が「跣」でお参りをしたとも書かれていたのが強烈な印象として残っていた。

菅浦は、旧西浅井《にしあざい》町の資料によれば、「中世において畿内の先進地域であった琵琶湖北端部つづら尾先端に位置し、背後を標高約４００ｍの山々に囲繞《いじょう》された狭隘《きょうあい》な扇状地に展開する集落です。中世の惣《そう》村として、あるいは琵琶湖水上権を掌握した禁裏供御人の居住地として有名」とある。かつては「陸の孤島」といわれたほど、交通の便の悪いところで、取材当時で90軒ほどの集落が残っていたが、今も県下で一番「かくれ里」の風情をしのばせていると思う。

山はいきなり湖岸に迫り、つづら折りの狭い道を青く深い湖水を右手に見ながら湖岸を大浦から7.5㎞ほど行くと菅浦の集落がある。東京からこの地を訪れた方が「何かこの世を超えた神聖な眺めでした。心が透明になって、なんの曇りもなくなって行く様な感じでした」との感想をもたれたとのことで、神秘的な何かを感じさせる。

四足門

菅浦に入る東西の道には、門柱が4本ある門がある。柱が4本あるからか、あるいはかつては4基あったからとのことで「四足門《しそくもん》」と呼ばれる茅葺きの門が二つ残っている。昔はここで村に入ってくる外来者の監視にあたり、外から攻めてきたときに、後ろの柱を倒せば前に門の屋根が倒れ、防御壁になるような構造になっているそうだ。古人の知恵である。

西門はバス停横にすぐ見られる。

菅浦郷土史料館

菅浦には、鎌倉期から明治初年までの約８００年間の村の自治に関する貴重な資料「菅浦文書」や室町時代の末期に制作されたと思われる彩色古能面が残されている。須賀神社の鳥居をくぐって、参道を登っていく途中右手にある館前に、滋賀県の書教育に貢献された大田左卿氏の手になる万葉歌碑がある。

四足門東門

四足門西門

万葉歌碑

高島のあどのみなとを漕ぎ過ぎて
塩津菅浦今かこぐらむ
小弁の歌一首 巻9―1734

〈訳〉
高島の安曇の港を漕ぎ過ぎて、今頃は塩津か菅浦あたりを漕いでいることであろうか。

〈語句の説明〉
小弁…伝未詳。一説に少弁（左右弁官の第三等官）に同じで官職による呼び名かともされる。
あどのみなと…安曇川河口
塩津…琵琶湖の最北端の要港

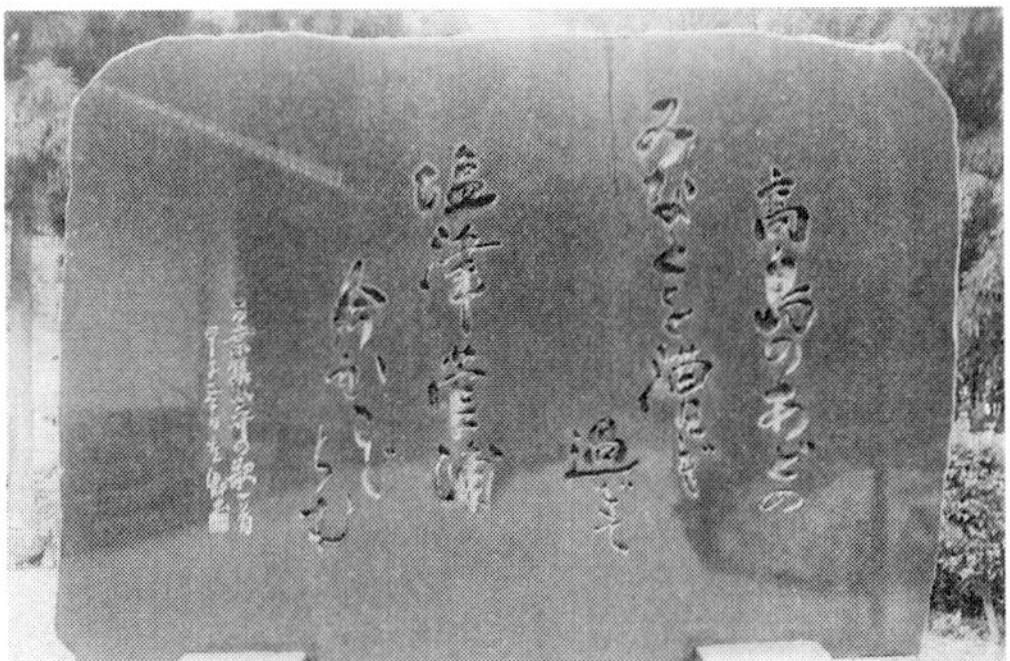

万葉歌碑

万葉の時代、「越の国（北陸）」に向かうには、都から逢坂山《おうさかやま》を越えて、大津からこの地菅浦、大浦まで湖路を舟で進まなければならなかった。ここからは険しい陸路の山越えで敦賀へ向う。この歌では、高島の安曇川《あどがわ》の湊から出帆した舟を思って詠んでいる。

今の道路事情から不便な地と思ってしまうが、舟が使われていた時代はずっと便利だったのだと改めて思った。
海津《かいづ》大崎の桜の頃に、たまたま特別に高島市から船が出て、海津大崎から菅浦に行く機会を得て、この歌の気分を味わうことができた。桜が満開の頃で、天気はよかったが、風が強く、体を伏せていなくてはならず、「今でこんな感じだから、季節が違うと本当に大変だなあ」と思ったことを覚えている。

菅浦文書（重要文化財）

大正6年、須賀神社の〝開かずの箱〟から、中世の文書1200点余りが発見された。中世社会、ことに「惣《そう》」（中世の自治組織の総称。入会《いりあい》や水利の管理運営・村落の自衛などにあたった）の研究に、重要な史料を提供し、国の重要文化財に指定されている（滋賀大学経済学部附属史料館に保管）。

菅浦与大浦下庄堺絵図（重要文化財）

菅浦文書の中にある乾元《けんげん》元年（1302）鎌倉時代の作成の絵図には、大浦と200年にわたる境界をめぐる争いで、菅浦側が自分たちの主張を示している。境界を朱で示し、竹生島《ちくぶ》の景観、鳥居等が描写されている。中世の竹生島とその信仰のあり方を示す貴重

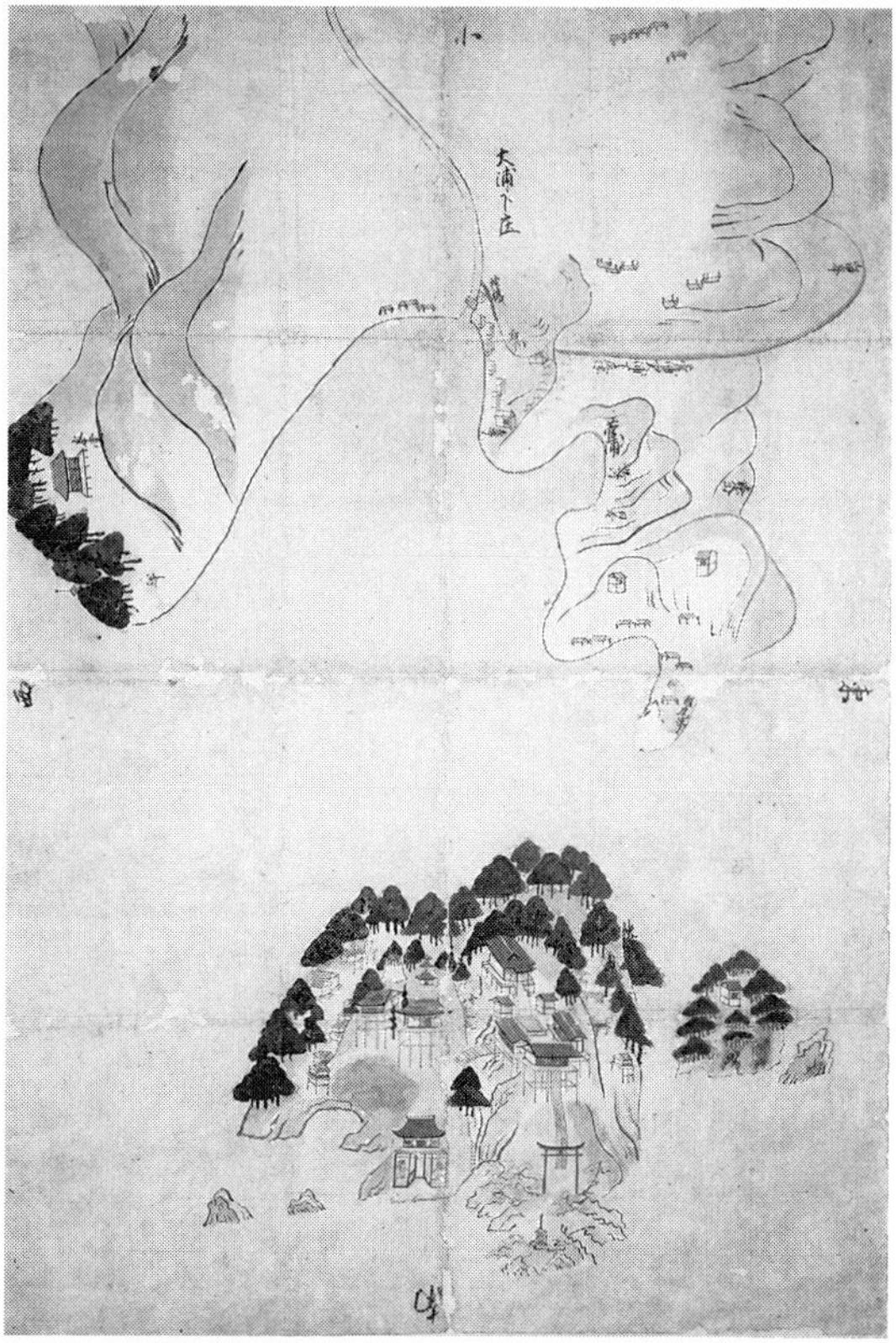

菅浦文書「菅浦与大浦下庄堺絵図」（重要文化財、滋賀大学経済学部附属史料館提供）

なものとされている。菅浦はこの絵図を持って、都へ舟で直接行き、願い出たものと考えられる。これを題材に作家岩井三四二《みよじ》氏が『月ノ浦惣庄《そうしょう》公事置書《くじのおきがき》』（文芸春秋）に中世隣村との土地争いに決着をつけるべく公事裁判に奔走する菅浦を小説に描き出している。この作品は平成15年度松本清張賞を受賞している。これを読むとなるほど、この絵図の描かれている意図がよくわかる。

須賀神社

その山の麓、神社の石段の下で、私たちは靴をぬがされた。跣《はだし》でお詣りするのがしきたりだそうで、たださえ冷たい石の触感は、折しも降りだした時雨にぬれて、身のひきしまる思いがする。それはそのまま村人たちの信仰の強さとして、私の肌にじかに伝わった。

旧西浅井町の資料には「元は保良神社と称し、天平宝字8年（764）11月の創立と伝えられています。明治42年に小林神社、赤崎神社を合祀して須賀神社と改称しました。この地には古くからの伝承があり、ここは淳仁天皇御隠棲の地で保良の宮跡だと信じられています」とある。石段までは平成15年に改修。以前は左側と同じように林が迫ってきて、うっそうとした上り坂であった。現在は、右側の林はなく、明るくなり、

土足禁止の碑

須賀神社

登り口まで、スロープになっている。石段からは以前のままで、土足禁止の石碑が建ち、「ここより上は心身を清めると共に神域清浄保持のため土足を禁止します」とある。

正子が40年ほど前ここを訪れたときに、素足で石段を登っている。時代の流れか、今は、その横にスリッパも置いてあった。私も素足でお参りした。後に地元の方に伺うと「中学生の頃、悪いことをしたことがあって、母親に神さんにあやまってこいと、夜、素足で参らされました。本当にこわかったです」とのこと。神さんにあやまることで、身を正すということが実際行われていたのである。古い昔ではなく、まさに、現代にもその名残を深くとどめている。ここにも今生きたものとしての信仰があることがよくわかった。

須賀神社本殿への石段

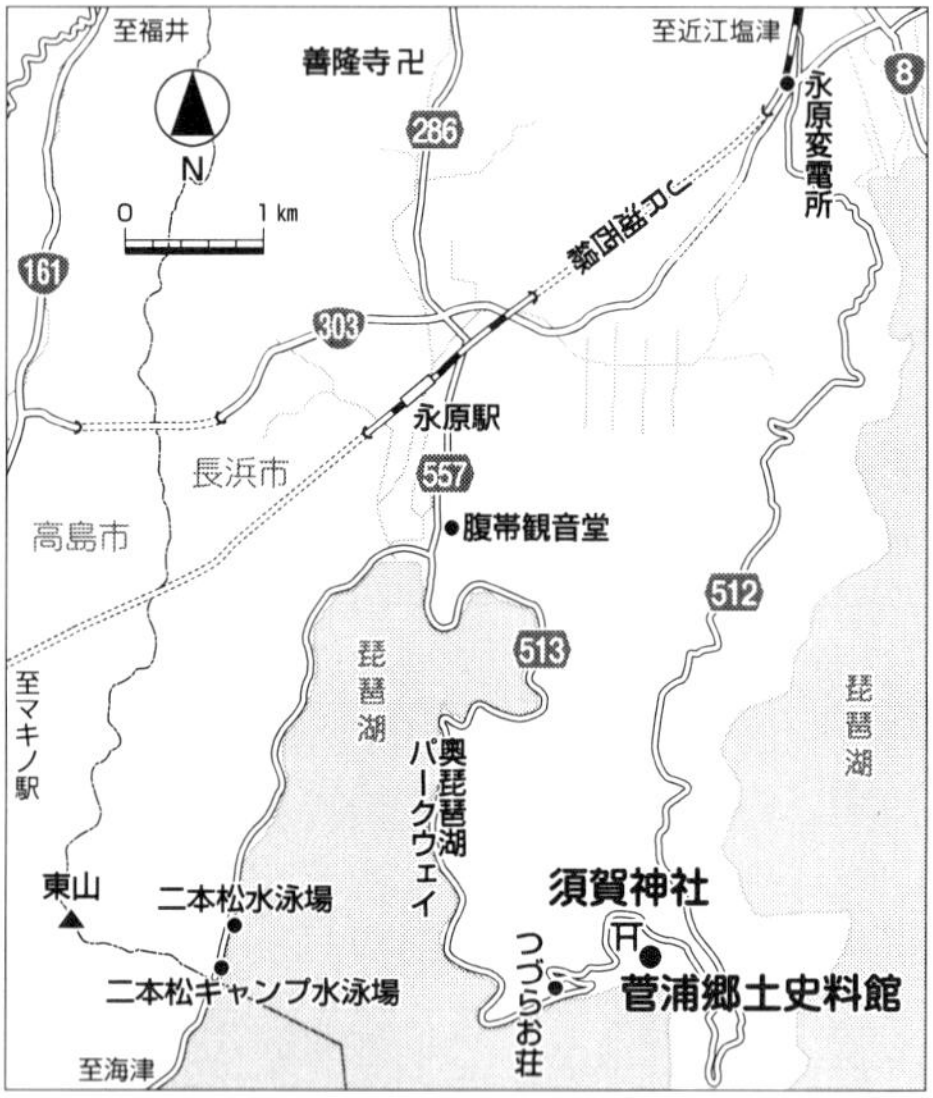

須賀神社・菅浦郷土史料館

すがじんじゃ・すがうらきょうどしりょうかん

長浜市西浅井町菅浦
TEL 0749-89-1121（長浜市役所西浅井支所）
開 史料館 10時～ 17時（4 ～ 11月の日曜のみ。他日は要予約）
¥ 史料館協力費 200円
電車で／ JR永原駅からバス菅浦下車すぐ（便数少）
車で／北陸道木之本ICから25分　P 有

葛川　明王院

正子が「花折峠を越えたところには、葛川明王院と称する古刹があり」とする近江関係の最終章「葛川《かつらがわ》　明王院」を訪ねる。真野ICから国道４７７号線を走り、「途中」で京都からの３６７号線と合流する。正子の通った40年ほど前の花折《はなおれ》峠越えは狭く、くねくねと曲がった道であったそうだ。解体修理が終了するのを待ちかねて、平成23年2月まだ雪が残る頃に明王院を訪れた。当時と比べて道はとても走りやすくなっている。

花折トンネルなどトンネルを四つくぐると坊村《ぼうむら》に着く。診療所や市民センター等がある大駐車場に車を停める。曙橋を戻り、左手のトイレの向こう右側に文化庁が登録有形文化財と認定した「葛野常満《くずのじょうまん》家」、左に「葛野常喜《じょうき》家」がある。更に進むと右手に「比良《ひら》山荘」があり、正面の鳥居奥には地主《じしゅ》神社が見える。鳥居の前を左に曲がると朱色の三宝橋が見える。橋を越えて左側に政所《まんどころ》（寺社において、所轄の事務や所領経営など雑務を執行した機関）があり、右手に境内が広がっている。

葛川息障明王院

境内の様子は、鎌倉時代の絵図とほぼ変わりはなく、ただ地主神社が前方に遷っただけで、かつて神社があった所は「地主平《じぬしだいら》」と呼ばれている。絵図で見ると、そのまわりに、垣根のようなものが立っているが、これは行者たちが参籠したしるしの立札で、当時のものがたった一つ、本堂の中に残っていた。高さ四メートルに余る巨大な塔婆で、やはり桂の木で作ってあり、墨で護法童子が描いてある。本尊の不動明王と、ほとんど同じ姿のもので、これは相応が感得した影像を、桂の木に彫ったのをそのまま模したものに違いない。

明王院は、現在の長浜市北野町出身で延暦寺北嶺回峰行《かいほうぎょう》の開祖とされる相応《そうおう》（831～918）が貞観年間（859～877）にこの地に修行に入り、常喜・常満という二人の童子の案内によって三の滝において修行をし、参籠満願の日に、滝壺に不動明王を感得し、歓喜の余り滝中に飛び込んで明王を抱いたところ、一本の霊木を得た。それに不動明王を刻んで、本尊として祀ったのが明王院の始まりと伝えられる。以来、回峰行をする延暦寺の僧侶が参籠する行場《ぎょうば》として、信仰上の重要な役割を担ってきた。

政所表門・本堂・護摩堂・庵室の4棟が重要文化財に指定されていて、6ヶ年ほどかかった解体修理がようやく平成22年12月に完成し、平成23年5月18日に落慶法要が執り行われた。

政所表門（重要文化財）

政所表門は500年前の形に修復された。横木は以前の門のものをそのまま使っているとかで、確かに色が違う。柱が4本ある門で、菅浦《すがうら》の「四足《しそく》門」と似た構造になっている。門の両脇には、これも境内地として重要文化財に指定されている穴太《あのう》積みの立派な石垣がある。昔寺領が花折峠まであり、政所が白州《しらす》（江戸時代、奉行所の罪人を取り調べた所に白い砂が敷いてあったところ）として使われていたと言い伝えられている。そのために、頑丈な門を造ったのではないかと僧侶は話された。菅浦の四足門と同じく、敵が攻めてきたら、前へ落として防御壁にするのかもしれない。そういえば、政所には立派な門があるのに、道を隔てた境内側には護摩堂、庵室、弁天堂があるが門はない。

今回の解体修理は活かせる部材は使うという方針で

政所表門・両脇穴太積み石垣（ともに重要文化財）

されたそうだ。確かに新築した方が手間も少ないだろうと思われるほど、丁寧に再建されている跡が見うけられる。古い部材の色は薄く、新しいのは茶色い。本堂を含め修理されるのに6年もかかったはずである。

護摩堂・庵室・本堂（重要文化財）

護摩堂は赤く塗り替えられ、隣の庵室は右から2枚目の板戸は全部取り替えられているが、他は部分的に古いものを使っている。雪道を踏みしめながら石段を上がると本堂がある。本堂は300年前と同じ技法を用いられたそうだ。入口の扉も塗り替えられている。扉の前の床板などは今なら機械ですぐに削れるが、昔の工法でされたので一枚削るのにも時間が相当かかったそうである。修理中に床板の一部に1000年前の前本堂のものが使われていることがわかり、今回の修復でも1000年前の床板の一部が使われているそうである。足利義満や日野富子が参籠した床が残っていると思うと、時代が

庵室（重要文化財）

護摩堂（重要文化財）

変わっても大切に守り残していくことで、「ああそうなんや」としか表現できない何かがある。

夏安居

寺の説明によると、僧侶が一ヶ所に参籠して行う修行を「安居《あんご》」というが、明王院では毎年7月に「夏《げ》安居」として、延暦寺無動寺谷の僧侶が中心となって厳しい修行が続けられている。以前は年2回行われていたが、今日では7月のみという。

参籠のための道は、京都からの場合は八瀬《やせ》・大原を経て途中へ、ここで坂本からの道と合流する。途中堂とよばれる勝華《しょうげ》寺に入り、供華《くげ》を水船《みずふね》につけ葛川入りの準備を整え、難所の花折峠（標高５９１ｍ）を越える。安曇川の流れに沿って約12㎞下ると坊村の明王院に到着する。4泊5日の3日目には「太鼓廻し」の行がある。相応が滝壺に飛び込み霊木を引き上げて、不動明王を刻んだという故事に由来して、勢いよく太鼓を廻し、太鼓の上か

本堂（重要文化財）

太鼓廻しの太鼓

ら行者が合掌しながら飛び降りる行である。太鼓の写真を撮らせてもらった。

葛野常喜家・葛野常満家（滋賀県登録有形文化財）

ある日シコブチ明神が、老翁と化して現われ、この谷を奥深く入ったところに、前人未踏の霊地がある。その山中にある「三の滝」で、必ず不動明王にまみえることができるというお告げを受け、常鬼・常満という二人の童子に案内され、和尚は安曇川の源ふかくわけ入った。

常鬼・常満の子孫は現在も明王院のかたわらに住み、祭りその他の行事を司っているが、シコブチ明神の生えぬきの氏子だったといっていい。苗字は葛野《くずの》氏で、はじめは浄鬼・浄満と書いたが、いつしか「常」に変わり、鬼の字を嫌って常喜と書くようになったと聞くが、鬼の方が山人らしくて私たちにはおもしろい。

両家とも代々葛川明王院の信徒総代を務めた家で、若狭《わかさ》街道から参道へ入る角地に参道を挟んで右に常満家、左に常喜家が建つ。1100年余りの間、明王院の近くに住み、行事等に携わっておられると聞き、どんなふうにお世話されているのか興味を持った。

折良く、葛野常喜家の奥様綾子さんにくわしいお話を伺うことができた。先代の常喜家に跡継ぎがいなかったので、義母は常満家から養女に入られ、近在から婿として義父が来られた。長男としてご主人の葛野常喜氏が生まれ、綾子さんも義父と同じ在所から57年前嫁に来た。最初8年は同居をして、行事には見習いとして参加した。ご主人の転勤により葛川を離れても、行事の度に戻って手伝われたそうだ。25年前にご主人が退職され、葛川に戻って来られた。10日ほど、常喜家に住んだだけで、比叡山からの依頼で、平成22年10月にご主人が亡くなるまで、政所に住み、お寺の仕事を手伝ってこられた。

「夏安居」の時にはどんなことをされるのかを聞くと、ご主人は花折峠まで一行を迎えに出られる。奥さんは近所の方に手伝ってもらって50名ほどの行者さんが4泊5日無事に行を終えるまで世話をされるという。一般の家がお客さんを迎える時と同じく、部屋の清掃、寝具・食事・風呂の準備後片付けなどをする。平成22年度の「夏安居行事予定」を見せてもらった。亡きご主人の手による達筆な予定表であった。

葛野常喜家（滋賀県登録有形文化財）

葛野常満家（滋賀県登録有形文化財）

7月16日の午後4時頃、一行が入寺されてから7月20日の午前9時出立されるまでのスケジュールがぎっしり書かれていた。何時に風呂を入れかけるとか何時に食事するなどである。お風呂に入っていただく順番なども記されていた。3日目の18日は午前5時30分のおつとめに始まり、午後9時より10時30分に「太鼓廻し」があり、10時30分よりおつとめ。おつとめの間に夜食の用意をされ、午後11時30分頃より先達さんが夜食、午後12時より新達さんが夜食、などと記入されている。

一応主婦である私には、三度三度の食事の用意を50人分なんてとても大変だとためいきが出る。どんな献立なのかと伺うと、精進料理ですと言われる。それでもと突っ込んで聞くと、メニューの走り書きを見せてくださった。例えば、朝…おかゆ・ちそ巻・のり等、昼…冬瓜《とうがん》のクズ引き・ごま豆腐・茸・すまし汁、夜…なすの田楽・じゃがいも煮・キャベツのおしたし・トマト。朝のおかゆを仕込むために、午前3時からかかられるそうである。食事を作る際に一番気をつけられるのは、夏場なので食中毒を出さないように、まな板等何でも煮沸消毒をするようにされているとのことであった。

今まで続けてこられたのは世話をやくのが楽しみで、人に喜ばれることをするのが大好きでここまで来られた。ご主人が亡くなられたので、「後は息子が退職するまで何とか頑張りたい」とおっしゃる綾子さん。お孫さんが綾子さん手製の作務衣《さむえ》を着て行者さんの列に混じって一緒に歩いている写真を見て、常喜家は次代へと確実に続くと思うと本当にうれしく、心温かな気持ちで葛川を後にした。

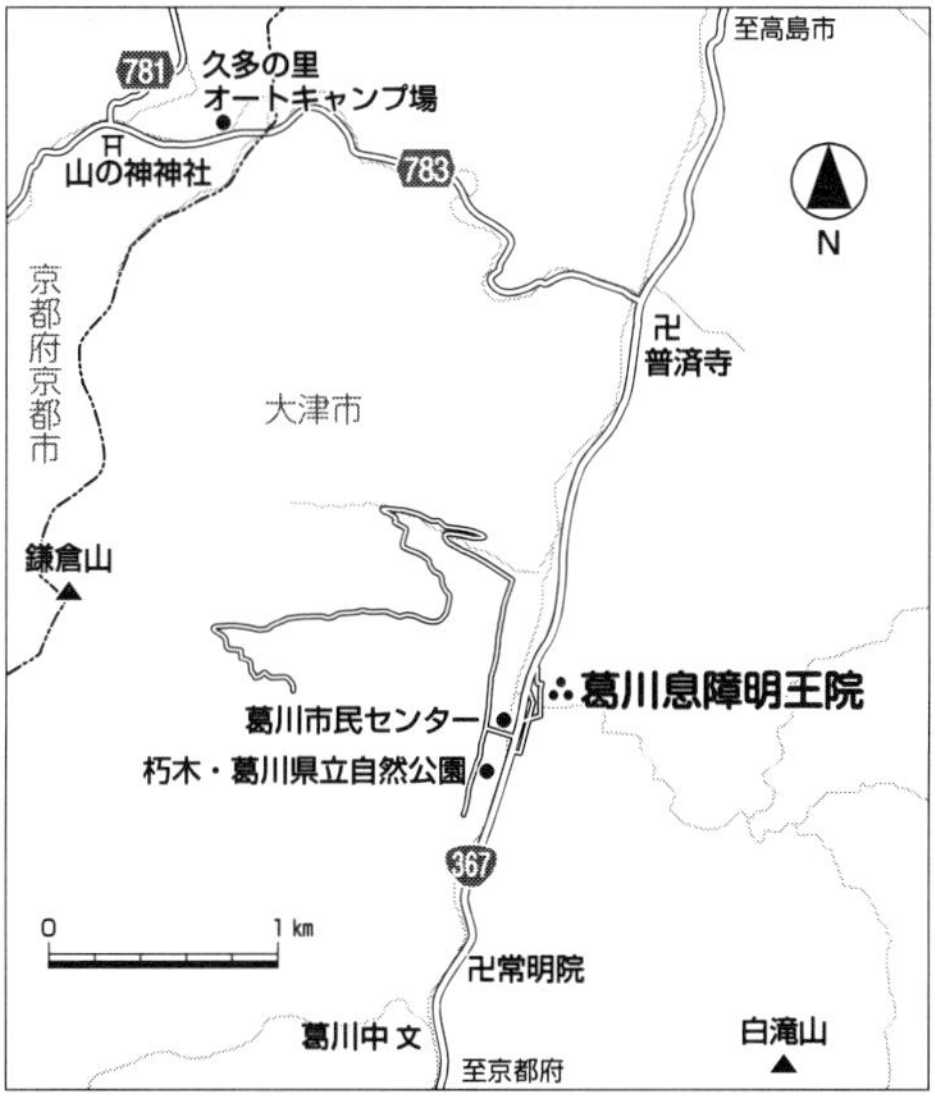

葛川息障明王院

かつらがわそくしょうみょうおういん

大津市葛川坊村町 155
℡ 077-599-2372
開 8時〜 17時
電車で／ JR 堅田駅からバス坊村下車、徒歩 3 分
車で／湖西道路真野 IC から 30分　P有

III 『近江山河抄』にみる湖南・甲賀

昭和46年に出版された『かくれ里』で、「底知れぬ秘密」「つきせぬ興味の宝庫」にとりつかれた白洲正子は、昭和49年に、正子が書いた本の中で題名に唯一地名が入っている『近江山河抄』を著した。逢坂《おうさか》、大津、比良《ひら》山、竹生島《ちくぶしま》・沖島、鈴鹿、伊吹等を自らの足で歩く紀行文であることは「I　白洲正子の愛した近江」でも紹介した。第1章「近江路」で「近江は日本文化の発祥の地といっても過言ではない」としている。

この『近江山河抄』には私の住む湖南市周辺のことがたくさん紹介されている。平成22年秋に私が受け持った湖南市立甲西《こうせい》図書館での講座では、『かくれ里』の油日《あぶらひ》神社と櫟野《らくや》寺を紹介した後、『近江山河抄』の湖南市と甲賀《こうか》市に関係するものを取り上げた。

善水寺（本堂　国宝）

水口の西北、東海道にそって、あまり高くない山がつづいており、この丘陵を「岩根」と呼ぶ。高くはないが、奥深い森林地帯で、すぐそばを東海道が走っているのが、別の世界のように見える。その名のとおり、岩石の多い所で、山中には善水寺という寺があり、石仏がたくさんかくされている。
（「近江路」）

JR三雲駅の北西約2.6㎞岩根山の中腹にある天台宗の寺。奈良時代、和銅年間

（708~715）に元明天皇の勅命により国家鎮護の道場として建立され、和銅寺と号した。平安時代の初め最澄が入山、延暦寺の別院諸堂を建立し天台宗に改めた。また、桓武天皇（在位781~806）が病気になり、最澄が法力によって霊水を献上したところたちどころに回復したことから岩根山善水《ぜんすい》寺の寺号を賜ったという。

荘厳でどっしりした構えの本堂は、南北朝時代、貞治5年（1366）再建され、木造入母《いりも》屋《や》造《づくり》檜《ひ》皮葺《わだぶき》、桁行《けたゆき》7間、梁間《はりま》5間。天台密教仏殿。正面に向拝《こうはい》（社殿や仏堂の正面に張り出したひさしの部分）を持たないため美しい屋根曲線が見られる。織田信長の兵火の時も唯一消失を免れ、国宝に指定されている。堂内には、本尊の木造薬師如来坐像をはじめ三十余体の仏像を安置する。

善水寺本堂（国宝）

岩根から登る参道の他に、「十二坊温泉ゆらら」近くから下る道が出来た。広い駐車場も完備されている。平成16年に甲西町と石部《いしべ》町が合併して湖南市となった。甲西町の善水寺と石部町の常楽《じょうらく》寺、長寿《ちょうじゅ》寺を、湖東三《さん》山《ざん》の西明《さいみょう》寺・金剛輪《こんごうりん》寺・百済《ひゃくさい》寺と対比して、湖南三山と呼ぶようになった。

拝観受付から右手に本堂が見える。その手前に百伝《ももづて》の池がある。桓武天皇の病気の時、最澄が法力によって霊水を献上し寺号を賜ったという水が、池の右から流れ出ている。多くの人がペットボトルに霊水を汲んでいる姿を見かける。

少菩提寺跡の多宝塔（重要文化財）

中でも少菩提寺跡の石塔はみごとなものである。高さ四・五五メートルの大きさで、仁治二年（一二四一）の銘がある。見なれぬ形なので、寄せ集めかと思ったが、そうではなく、近江に特有な二重の多宝塔であるという。いい味に風化しており、その背後に菩提寺山が深々と鎮まっているのは、心にしみる光景である。（「近江路」）

菩提寺の石塔については、「近江路」の章で述べたが、金勝山を大菩提寺といったのに対して、少菩提寺と呼んだと聞く。（「紫香楽の宮」）

菩提寺山の麓にある、これも良弁《ろうべん》の開基といわれる寺の跡。廃少菩提寺とも呼ばれている。寺跡には鎌倉時代の多宝塔が残っている。

平成23年1月に発行された『鈴木儀平の菩提寺歴史散歩』によると「大正15年

少菩提寺跡の多宝塔（重要文化財）

（１９２６）10月20日に国指定重要美術建造物に指定されました。銘には　願主　僧良全（古文書では良金）　仁治《にんじ》二年（１２４１）辛丑《かのとうし》七月日　施主　日置氏女《へきしむすめ》（古文書では、日量氏女）　とあり、日置氏女が親の菩提《ぼだい》を弔《とむら》うために寄進したものでしょう」「石の多宝塔（普会塔《ふえ》ともいう）は、全国に11基しかありません。そのうち銘のあるものは3基だけです」「銘があるものでは菩提寺の多宝塔が一番古いものです。また、菩提寺の多宝塔は完全な形で残っており大学の教授など研究者がよく訪れます」とある。

鈴木儀平氏の教えを受けられた方々が菩提寺の歴史をまとめられ、発行後間もなく湖南市立甲西図書館で関連物の展示をされた。一緒に見ていた方が「石部にはこんなもの（展示物）残ってへんわ。昔捨てている場面を見たことがある。もったいないことをしたなあ」とつぶやいておられた。

鈴木儀平氏に学んでおられた郷土を愛する方たちが、鈴木氏亡き後、苦労して残されたカラフルな表紙の本を手にした時、本当に「菩提寺」という地域を大事に思って、「おらが宝」として守り続けていこう、次代へ引き継いでいこうとされている近江人の〝心意気〟にここでも触れた。

長寿寺（東寺）と常楽寺（西寺）

石山、石部、岩根など、良弁には石と縁のある地名がつきまとうが、彼が山岳信仰の行者であったこと、土木の親方であったこととも無関係ではあるまい。が、なんといっても美しいのは、東寺（長寿寺）と西寺（常楽寺）であろう。

ことに東寺のたたずまいは優雅である。楓と桜並木の参道を行くと、檜皮葺《ひわだぶき》の屋根が見えて来て、赤松林の中に鎮まる鎌倉時代の建築は、眺めているだけで心が休まる。松林をへだてて、阿星山の頂が見え、東寺・西寺の名称は、この山に対して名づけられたことがわかる。そのはるか南に信楽が位置するのは、紫香楽の宮の鎮護の意味も兼ねていたと思う。

（「紫香楽の宮」）

長寿寺本堂（国宝）

阿星山《あほしやま》（693・1m）の北麓にあり、常楽寺の西寺《にしてら》に対して東寺《ひがしてら》と呼ばれる天台宗の古刹である。奈良時代後期、聖武天皇の勅願により、良弁が創建したと伝えられている。古代山岳仏教の中心であった「阿星山五千坊」の中心であり、平安時代初期には常楽寺とともに歴代天皇の尊崇が厚かったという。古代の都はすべてお寺と結びつきがあり、奈良の都に東大寺や西大寺があるように、甲賀《こうか》市信楽町の紫香楽宮《しがらきのみや》の鬼門守護の寺で、

石造多宝塔

長寿寺本堂（国宝）

西寺が常楽寺、東寺が長寿寺にあたった。山門をくぐり、桜や紅葉の季節には美しい参道を行くと、右は寺へ、左は白山《はくさん》神社へと続く。なぜ、神社が併設されているのか疑問に思って調べてみると、『湖国百選　社／寺』の中に「神の国であった日本に仏教（密教）が受け入れられるために、神様は仏様の仮の姿であるという仏教権現思想が説かれました。密教寺院に必ず神社があるのは、この権現思想によるもの」とあった。

　本堂へ続く道の右手に石造多宝塔がある。全国に多宝塔は11基あり、前項の少菩提寺跡の多宝塔とこの多宝塔の2基が滋賀県にある。前方には、低くて形姿のすぐれた国宝の本堂が見られる。桜の頃になると、本堂の屋根越しにピンクに色づく花に、何ともいえず見惚れてしまうのは私だけではない。

　本堂は古代と中世に移行する時期の特徴を有している建物で、アメリカの大学教授が来寺され、はしごに登り長く観察されていたり、イギリスの大学の建築学の講義に登場するような歴史的由緒のある建物だそうだ。また、最近になって建てられた収蔵庫には、大仏の阿弥陀如来坐像が安置されている。収蔵庫を建てられるときも、費用を国に負担してもらう申請が大変だったそうで、本堂にあった丈六（約4.8ｍ）の阿弥陀様を本堂から運び出すときも、こわさないように大変な思いをされたそうだ。運び出しておられる写真を見せていただいたが、仏様に移動していただく時のご苦労を推察できた。普段は閉まっているが、最近では湖南三山の秋の特別拝観でお目にかかることができる。拝顔するたびに、本当にすごいと思わせる仏様である。

本堂に向かって左後方にはかつて三重塔があって、西寺と同じ伽藍《がらん》配置であったといわれている。石の礎石が残っている。ここにあった三重塔は織田信長が安土城を築いた際に城内に建立された摠見寺《そうけん》に移築したと伝えられ、現在も残っていて、重要文化財に指定されている。信長が持って行かなければ、西寺の三重塔と同じく東寺にもあったのにと、西寺の三重塔を見上げる度に残念でならない。近江を歩いていると信長が多大に影響を与えたのを感じる。

平安時代初めに中興されたのち、一時衰え、鎌倉時代初期には源頼朝が、室町時代には足利将軍家が祈願所として諸堂を造改修したといわれ、足利尊氏の制札が保管されているそうだ。

常楽寺本堂・三重塔(ともに国宝)

長寿寺から途中「じゅらくの里」を右手に見て1㎞、15分ほど歩くと、阿星山《あせいざん》常楽寺がある。この寺も奈良時代和銅年間(708~715)良弁が開いたとされる。その後火災で焼失、延文5年(1360)に僧侶観慶によって再建された。

最初に造られた山門は移築され、現在大津市の園《おん》城《じょう》寺(三井寺《みいでら》)の山門として使われている。その後造られた山門も平成22年には老朽化のため取り壊された。

受付を通ると、大きな本堂がどっしりと立ち、落ち着いたたたずまいを見せている。本堂と三重塔はともに国宝。現在の本堂は、南北朝時代に再建されたもので、中央には秘仏の木造千手観音坐像が安置されている。現住職のお話によると、昭和56年に、風神・阿修《あしゅ》羅《ら》王・摩喉羅迦《まごらか》王が盗難に遭い、昭和60年に阿修羅王だけ戻ってきたそうだが、ブロンズのペンキを塗られたりして、京都国立博物館で1年がかりで修復されたた

常楽寺三重塔(国宝)

常楽寺本堂(国宝)

そうだ。
また、本堂横の石段上には、凛とした姿の三重塔（室町時代）があり、後ろの林と美しい調和を見せている。以前は三重塔の近くまで無料で見学でき、こんな立派なものが山深いところに建立されているのが不思議であった。石部に訪ねてきた友人と本堂の廊下に腰掛け、ゆっくりと紅葉を愛でたのがなつかしく思い出される
何と言っても本堂と三重塔がすぐ近くに重なって見え、背景の樹林とも調和しているのに心を奪われしばし見とれてしまう。秋の紅葉の頃は見応えがある。

美し松（平松のウツクシマツ自生地　天然記念物）

先日竜法師へ行った時も、行き当りばったりの旅だった。東海道の旧道は、一号線からは西よりの、野洲川にそって南下する。石部の町をすぎると、美し松で有名な三雲へ出、ここで一号線と別れる。この辺の街道筋は松並木のきれいな所だが、天然記念物の美し松は、「平松」の山の上にあり、根元から何十株にもわかれて、傘の形に密生しているのは、目ざめるような眺めである。
（「鈴鹿の流れ星」）

正確には湖南市平松にある標高２２７ｍの美松《びしょう》山の南東の斜面一帯に群生している。

大きいものは周囲約2.1m、高さ約12・7m、地上から60㎝くらいのところから8幹に分かれている老木がある。樹齢150年の老木から2~3年の稚松も合わせると、およそ200株ほど数えることができるという。「平松のウツクシマツ自生地」として国の天然記念物に指定されている。現在では湖南市役所等何ヶ所かに分株されている。

美し松（天然記念物）

大池寺

水口の北には聖徳太子の建立による大池寺という寺があり、緑したたる丘陵の間に、建つ姿は、旅人の心をひく。現在は禅宗の寺になっているが、書院の奥には目ざめるような枯山水の庭があり、小堀遠州の作と伝える。白砂をしきつめた中に、つつじの刈込みが、変化のある起伏をみせており、見ようによっては近江の遠山とも、湖水に横たわる竜神のうねりのようにも映る。（「近江路」）

大池寺《だいいち》は、近江鉄道水口《みなくち》駅の北西約1.2㎞、丘陵に囲まれた閑静な地にある臨済宗妙心

寺派の寺院。寺伝では、今から約1250年前、天平年間にこの地を訪れた行基《ぎょうき》が、日照りに悩む農民のため灌漑《かんがい》用水として、現在も寺の周囲にある「心」という字の形に四つの池を掘り、そのほぼ中央に本堂を建てたのが寺の始まりとされている。

正子が大池寺に眼をとめたのは本当にうれしかった。結婚して湖南市に住んで30年余りになる。結婚する前の年に、大池寺に除夜の鐘を撞きに行って以来、事情の許す限り大晦日には家族で訪れている。また、近江のよさを味わってもらうために来宅者を何人案内したかわからないほどである。私にとっては「私のお寺」なのである。

最初除夜の鐘を撞かせていただいた時、現住職が小学生であった。結婚されて、若奥さんと一緒であったり、奥さんが子どもさんを背中に負っておられたり、毎年成長変化される姿を拝見した。今壮年期にはいられた住職が、時代を経て寺を守ってきてくださった姿を目にすると、「美」なるものを見るとき対象物を「点」で見てしまうが、守り続けてこられた人びとの営みの中に「線」としてつながっていくのだと実感する。

大池寺蓬萊庭園

禅寺である大池寺書院の蓬萊《ほうらい》庭園。サツキの大刈込み鑑賞式枯山水《かれさんすい》庭園で、江戸時代に水口城を築城した小堀遠州が作庭したと伝えられている。書院の正面にある二段大刈込みは、海の大波小波を表し、真っ白い砂の上に宝船を浮かべた姿を表現している。その中に、七福神が乗っているように様々な刈込みを用いて象徴している。「つつじの刈込み」と正子は書いているが、寺の説明では「さつき」とされている。この刈込みは「一子相伝」だそうで、現住職も先代の住職から仕込まれてこの刈込みを保たれているのである。春にはサツキが美しく咲き乱れ、夏には刈り込まれた線条美が一段と冴え、秋は紅葉、冬は紫褐色に染められて、いつ訪れても趣がある。また、境内の花はいつ行っても何かしら咲いている。最初に訪れた時の紫褐色の庭園は今でも私の眼の底に焼き付いている。以来、ずうっと惹きつけられっぱなしである。

また、庭園の後ろにある土蔵が白く塗られているのは〝あかりとり〟の効果があるように作られている。なるほど、大晦日の夜には土蔵の〝白〟がことのほか際だって見える。

大池寺蓬莱庭園

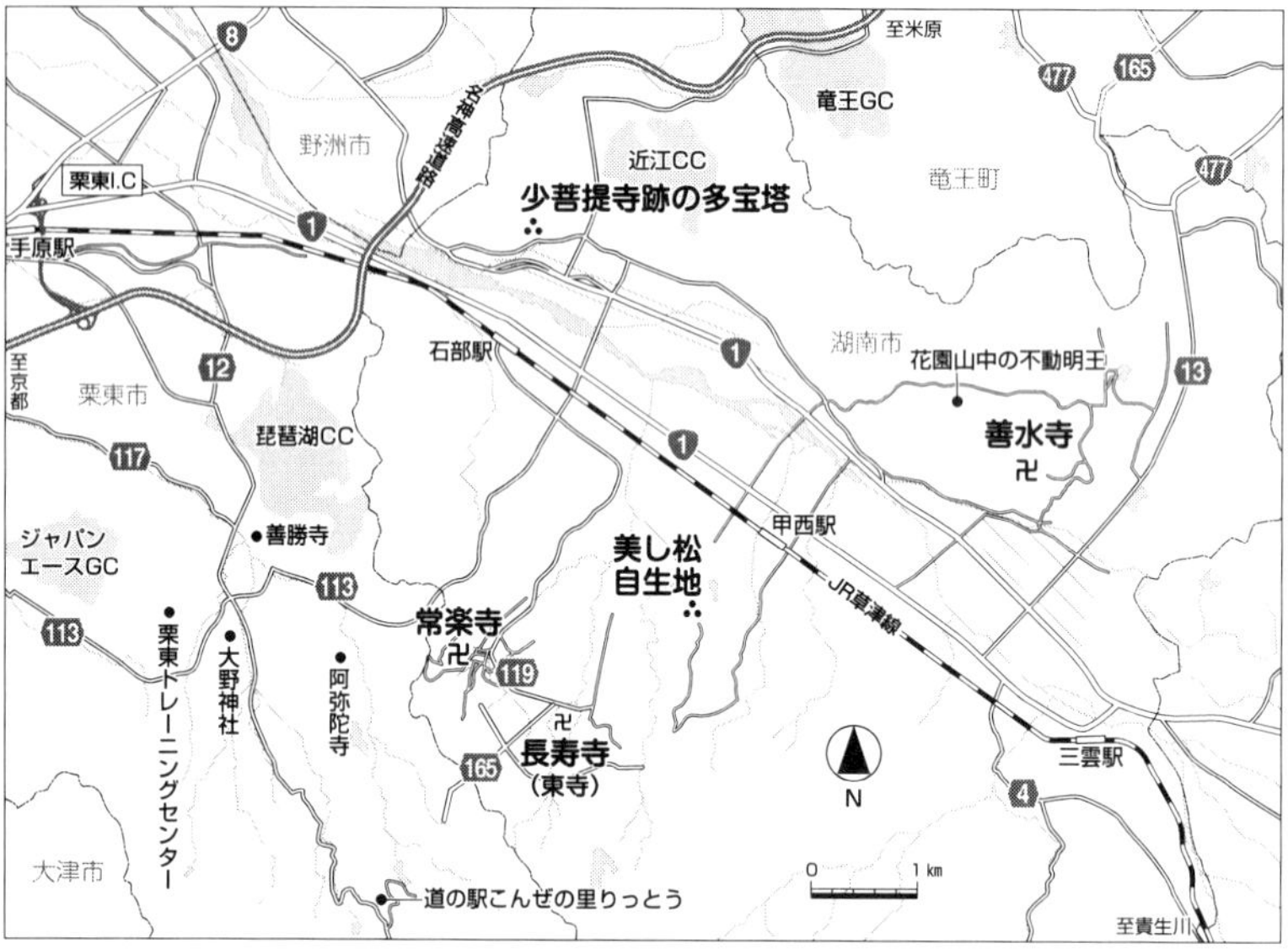
至米原
8
名神高速道路
竜王GC
477
165
野洲市
近江CC
竜王町
477
栗東I.C
少菩提寺跡の多宝塔
1
手原駅
石部駅
1
湖南市
花園山中の不動明王
13
至京都
12
栗東市
琵琶湖CC
1
善水寺
117
甲西駅
ジャパンエースGC
善勝寺
美し松自生地
113
JR草津線
113
常楽寺
栗東トレーニングセンター
大野神社
阿弥陀寺
119
長寿寺
（東寺）
165
三雲駅
N
4
大津市
0
1 km
道の駅こんぜの里りっとう
至貴生川

湖南市
十二坊
1
甲西北中
13
至草津駅
野洲川
岩根小
善水寺
水戸小
甲西駅
甲西高校
甲賀市
美し松自生地
湖南市総合体育館
ベアズパウジャパンCC
蒲生GC
JR草津線
307
大池寺
近江鉄道本線
1
三雲駅
水口松尾駅
4
307
水口高校
水口駅
水口城南駅
水口石橋駅
烏ヶ嶽
野洲川
市役所水口庁舎
1
N
水口スポーツの森
杣川
甲賀CC
貴生川駅
0
1 km
至柘植
滋賀GC

善水寺
ぜんすいじ

湖南市岩根 3518
TEL 0748-72-3730
開 9時～17時（12～2月は16時まで）
¥ 500円
電車で／JR甲西駅からバス岩根下車、徒歩10分
車で／名神竜王ICから15分または栗東ICから25分または新名神甲賀ICから35分　P有

少菩提寺跡の多宝塔
しょうぼだいじあとのたほうとう

湖南市菩提寺地先
TEL 0748-71-2157（湖南市観光物産協会）
電車で／JR甲西駅または石部駅からタクシー10分
車で／名神竜王ICから10分　P無

長寿寺（東寺）
ちょうじゅじ（ひがしてら）

湖南市東寺 5-1-11
TEL 0748-77-3813（要予約）
開 9時～16時
¥ 500円
電車で／JR石部駅からバス長寿寺下車すぐ
車で／名神栗東ICから20分　P有

常楽寺（西寺）
じょうらくじ（にしてら）

湖南市西寺 6-5-1
TEL 0748-77-3089（要予約）
開 9時～16時
¥ 500円
電車で／JR石部駅からバス西寺下車徒歩5分
車で／名神栗東ICから15分　P有

美し松自生地
うつくしまつじせいち

湖南市平松
TEL 0748-71-2157（湖南市観光物産協会）
電車で／JR甲西駅からタクシー5分
車で／名神栗東ICから25分

大池寺
だいちじ

甲賀市水口町名坂 1168
TEL 0748-62-0396
開 9時～17時（冬期は16時まで）
¥ 400円
電車で／JR貴生川駅からバス大池寺下車徒歩5分
車で／新名神甲賀土山ICから15分、または名神栗東ICから30分　P有

おわりに

6年にわたる取材を通して、私が一番強く感じたのは白洲正子《しらすまさこ》が「素晴らしい」と言ったものを支える近江人の〝心意気〟であった。

裸足で参拝した菅浦《すがうら》の須賀神社の石段の冷たさが、私の取材の原点であった。菅浦に関係した正子の記事を読んだ時、強く『かくれ里』を紹介したいと思った。後日の取材の際、地元の方から「中学生の時悪いことをして、この階段を登り、『神さんにあやまって来い』」と親に言われたとの話を聞いた。須賀神社は文化財としてではなく、「今も生きたもの」として、生活の中にあると実感した。

取材の仕方もよくわかっていない私に、油日《あぶらひ》神社の宮司さんは実に気さくに対応してくださった。連載の1年前桜が咲く頃に写真を撮りに行ったこと、板戸をわざわざはずして舞楽の木彫りを見せてくださったこと、5年に一度の奴振りを見に行ったことなど、今も鮮明にまぶたに焼き付いている。神社の古面などの宝は「人が守る」のだと思った最初だった。

次に行った櫟野《らくや》寺では、私の息子たちと同世代の住職は幼い頃にお父さんを亡くされた。お母さんが、「檀家さんの支えで現在がありります」としみじみおっしゃった。もし私が夫を早く亡くし、息子二人を一人で育てていたらと想像すると、本当に大変だったろうと、私の人生と重ねて捉えるようになった。

老蘇《おいそ》の森では、国道8号線と併走している新幹線の列車が森の間から抜け出てくるのを見て、分断された森を非常に残念に思った。しかし、平成18年には森を守ろうとする会が結成されたと聞いてとてもうれしかった。弟橘《おとたちばな》姫命《ひめのみこと》が夫を思う気持ちから建立された奥石《おいそ》神社では、お宮参りをされている姿を拝見し、私たちの先祖はずうっとこうして子どもの成長を祈ってきて、今も人々の中に根付いているのだなとうれしく思った。

観音正寺《かんのんしょうじ》では、本堂焼失後、再建までの苦労話を住職から伺えた。「わしは下働きさせてもらっただけ」「命賭けて必死になったら観音さんは救うてくださる。人間には理解できない慈悲がある。さすが観音さんはすごいということを身をもって経験した」との言葉は、ずしんと心に響いた。

石馬寺《いしば》取材当時は持病の腰痛で、「駒つなぎ松」からの石段はとてもつらかった。毎日この石段を行き来されるのは、買い物一つとっても大変だなあと身をもって実感した。信長の焼き討ち等の災いの時、村人が仏たちを運んで隠したと伺った。この石段を村から登って、運び出した村人の仏に対する思いも、腰痛と共に味わった。

石塔寺《いしどう》ではボランティアガイドさんが、「下馬」の碑を自費で建立されたり、「石塔フェスティバル」を開催するよう働きかけたりして、現在も石塔によって心動かされ、行動に移されている姿を見た。

朽木《くつき》の興聖寺《こうしょう》では、江戸時代の参勤交代の時に、熊本の細川家の家臣が室町時代に世話になったからと挨拶に来られた話を聞いて、驚きを禁じ得なかった。また、藤原道長の娘が、後一条天皇の子供を産んだが、「白子」だったそうだ。それで、朽木に隠されたという話は、歴史の表には出ていないが、近親相姦的な結婚であったので、さもありなんと思った覚えがある。仏様の写真を撮り忘れたので、石部から朽木まで再度走らざるを得なかったのも、苦い思い出である。

栗東《りっとう》の大野神社では、年若い宮司さんが、何とか地域の人と神社を結びつけようといろいろ工夫しておられるのを拝見した。正子を直接案内された金《こん》胎《たい》寺の住職のお話が聞けたのもありがたかった。金勝寺《こんしょう》では住職が「ここへ来ると何かほっとする」と言われたが、「何かほっとする」ものを人は求めて、「かくれ里」に惹かれるのかもしれない。

「木地《きじ》師の村」では、蛭谷《ひるたに》の小椋正美さんは正子を直接案内された方で、細川元首相にも出会われたそうだ。資料館の写真をたくさん貸していただき、ありがたかった。君ヶ畑では「ゴクモリ」を特別取材させてもらった。かつての勤め先の同僚の家が君ヶ畑にある御縁で、夫に雪道を走ってもらい、地元の人の説明付きで女人禁制なのに見学させてもえたのはラッキーであった。

高月観音の里歴史民俗資料館で、地元の小学生が観音様の学習をして模造紙にまとめた資料と発表風景の写真を見せてもらった。このようなことが近江の文化の継承に繋がっていくのだろうと頼もしく思った。己高閣《ここう》・世代閣《よしろ》では、地元の方がボランティアとして「後世にこの仏像をバトンタッチしなくては」との思いで活動してくださるのを伺い、ここにも近江人の〝心意気〟を強く感じた。

近江孤篷《こほう》庵には本当に何度も寄せていただいて、いつもご住職夫妻の温かさに触れた。染め芸の大家皆川月華《みながわげっか》先生が、本堂各部屋に襖絵を書かれた経緯を伺うと皆川先生は本当に近江孤篷庵がお好きだったのだなあと実感する。亡くなられる前に弟子に支えられ庵を訪れ、力を振り絞って書かれた落款《らっかん》のない最後の絵の前に佇むとき、孤篷庵の「素晴らしい」庭は、「素晴らしい」応援団を引き寄せるのではないかと感じた。

6年間にわたる解体修理で葛川《かつらがわ》明王院の取材が最後になり、連載中には

「湖国と文化」に載せられなかった。降り積もった雪の日の取材で、比叡《ひえい》山の回峰行《かいほうぎょう》を裏から支え続けてくださっている葛野常喜《くずのじょうき》さんの奥様とお話しできたことは、忘れられない思い出である。

正子の訪ねた湖南・甲賀《こうか》の地を湖南市立甲西《こうせい》図書館で紹介した際、会場一杯に詰めかけたてくださった方々を見て、白洲正子はこんなにも、人々の関心を集めているのだと改めて気づいた。

この本を手に取ってくださった方が、近江にこんな「宝」があるのだと気づかれ、「かくれ里」を訪ね、自分なりの「何か」を見つけてくだされればありがたい。

末筆ながら、取材にご協力いただいた県内各地の方々をはじめ、湖南市在住の詩人野呂《のろ》昶《さかん》先生、「湖国と文化」前編集長の故中井二三雄氏、現編集長の植田耕司氏、書名を揮毫《きごう》してくださった小谷抱葉《こたにほうよう》先生、サンライズ出版の矢島潤さん、そして我が夫に、心からの感謝を申しあげます。本当にありがとうございました。

平成23年7月

いかいゆり子

主な参考文献

白洲正子『道』新潮社、1979
白洲正子『かくれ里』講談社文芸文庫、1991
白洲正子『十一面観音巡礼』講談社文芸文庫、1992
白洲正子『近江山河抄』講談社文芸文庫、1994
白洲正子『白洲正子自伝』新潮社、1994
白洲正子『白洲正子の世界』平凡社、1997
白洲正子『西国巡礼』講談社文芸文庫、1999
白洲正子『私の古寺巡礼』講談社、2000
白洲正子ほか『白洲正子〝ほんもの〟の生活』新潮社、2001
白洲正子ほか『白洲正子と楽しむ旅』新潮社、2003
多田富雄ほか『白洲正子を読む』求竜堂、1996
馬場啓一『白洲正子の生き方』講談社、2000
白洲信哉『白洲正子の贈り物』世界文化社、2005
牧山桂子『次郎と正子』新潮社、2007
川村二郎『いまなぜ白洲正子なのか』東京書籍、2008
井上靖『星と祭』角川文庫、1975
司馬遼太郎『街道をゆく1』朝日文庫、1978
栗東町教育委員会編『栗東の民話』栗東町教育委員会、1980
木村至宏責任編集『図説　滋賀県の歴史』(図説日本の歴史25)河出書房新社　1987
中江甲子生編『いしどう　むかしばなし』石塔明るい町づくり推進委員会、1990
滋賀県総合研究所編『湖国百選　祭　踊』滋賀県、1990
滋賀県高等学校歴史散歩研究会編『滋賀県の歴史散歩』(新全国歴史散歩シリーズ25)山川出版社、1990

『新修石部町史』編さん委員会『新修石部町史　史料篇』石部町役場、１９９０
司馬遼太郎『国盗り物語　後編』新潮社、１９９１
池内順一郎『石塔寺・宝塔』蒲生町企画振興課、１９９２
五個荘町史編さん委員会『五個荘町史　第1巻』五個荘町役場、１９９２
滋賀総合研究所編『湖国百選　社／寺』滋賀県企画部地域振興室、１９９３
秦石田・秋里籬島『近江名所図会』臨川書店、１９９７
佐竹昭広編『萬葉集』（新日本古典文学大系1）岩波書店、１９９９
蒲生町国際親善協会編『石塔寺三重石塔のルーツを探る』サンライズ出版、２０００
永源寺町史編さん委員会『永源寺町史』永源寺町役場、２００１
岩井三四二『月ノ浦惣庄公事置書』文藝春秋、２００３
野崎進之助『古代蒲生野と石塔寺阿育王塔』サンライズ出版、２００４
儀平塾編『鈴木儀平の菩提寺歴史散歩』儀平塾、２０１１
寺福滋／写真・高梨純次／文『近江の祈りと美』サンライズ出版、２０１０
藤岡忠美ほか校注・訳『更級日記』（日本古典文学全集18）小学館、１９８９
栗東歴史民俗博物館編『隆堯法印と阿弥陀寺・浄厳院』栗東歴史民俗博物館、１９９１
滋賀県教育委員会事務局文化財保護課編『滋賀県文化財目録（平成15年度版）』滋賀県教育委員会、２００４

滋賀縣蒲生郡役所編『近江蒲生郡志』滋賀縣蒲生郡役所、１９２２
『木地師のふるさと』永源寺木地師文化推進事業委員会、１９９３
庄野三穂子編『日本庭園をゆく24』小学館、２００６
「広報りっとう」２０４号（１９７５・12・１）栗東町役場総務部企画課　１９７５
「広報りっとう」２０５号（１９７６・１・１）栗東町役場総務部企画課　１９７６
「広報りっとう」２９１号（１９８２・３・15）栗東町役場総務部企画課　１９８２
「湖国と文化」１２１号（２００７・10・１）滋賀県文化振興事業団　２００７

お世話になった方々（敬称略）

安土城考古博物館
油日神社
石塔寺
石馬寺
奥石神社
近江孤篷庵
大野神社
葛川息障明王院
観音正寺
木地師資料館
木之本町教育委員会
向源寺
興聖寺
講談社
己高閣・世代閣
湖南市立石部図書館
湖南市立甲西図書館
金勝寺
金胎寺
滋賀県教育委員会文化財保護課
滋賀大学経済学部附属史料館
浄西寺
常楽寺
菅浦郷土史料館
善勝寺
善水寺
大池寺
高月観音の里歴史民俗資料館
長安寺
長寿寺
長浜市木之本町古橋区
長浜市西浅井町菅浦区

東近江市観光協会
東近江市君ヶ畑町
日吉大社
櫟野寺
栗東歴史民俗博物館
臨川書店
猪飼均
猪飼宜妙
井上勝
植田耕司
氏丸隆弘
大宮聰
小椋正美
葛野綾子

小谷抱葉
佐々木悦也
社納久子
高田穰
高畑富雄
中井二三雄
中野治
西村倫子
野瀬芳之
野呂昶
橋本勝利
日吉公二
藤原弘正
松岡久美子

■著者略歴

いかいゆり子（本名　猪飼由利子）
滋賀県大津市生まれ。湖南市在住。滋賀県で中学・高校の国語教員を30年勤め、平成16年春退職。滋賀文教短期大学司書講習講師・大津市民病院付属看護専門学校講師をするほか、万葉集や平家物語、近江関連の文学について研究している。

近江《おうみ》のかくれ里《ざと》

白洲正子《しらすまさこ》の世界を旅する

2011年８月20日　初　版　第１刷発行
2019年４月20日　第２版　第３刷発行

著者・発行　いかいゆり子
〒520-3104　滋賀県湖南市岡出 2-3-21
TEL&FAX0748-77-4481

制作・発売　サンライズ出版
〒522-0004　滋賀県彦根市鳥居本町 655-1
TEL 0749-22-0627　FAX 0749-23-7720

印刷・製本　サンライズ出版株式会社

ISBN978-4-88325-457-6　Printed in Japan